Sobre o cálculo do volume 3

Solvej Balle

Sobre o cálculo do volume
3

tradução
Guilherme da Silva Braga

todavia

#1144

Encontrei outra pessoa que lembra. Ontem. Quer dizer, eu o encontrei ontem. Mas ele também se lembra de ontem. Lembra que nos encontramos ontem. Na verdade a primeira vez que nos encontramos foi anteontem, mas a primeira vez que nos falamos foi ontem. Eu soube o nome dele ontem. Chama-se Henry Dale, e não preciso explicar para ele que o tempo se estilhaçou. Ele sabe.

E sabe de muitas outras coisas também. Sabe que é outono, mas que não estamos a caminho do inverno. Que não vai ser primavera e depois verão. Que o amarelo das árvores veio para ficar. Sabe o que as palavras significam: que *ontem* não significa o dezessete de novembro, que *amanhã* significa dezoito de novembro e que o dezenove de novembro é um dia que talvez nunca chegue. Sabe disso tudo quando acorda pela manhã e quando se deita à noite.

E agora também sabe que não está sozinho, porque ontem nos encontramos no Café Möller. Nos encontramos porque combinamos de nos encontrar, e porque nos lembramos desse combinado. Duas pessoas que lembram. Não uma pessoa que lembra e outra que esquece. É estranho pensar que uma pessoa com a lembrança intacta simplesmente entrou pela porta.

Foi o que ele fez: simplesmente entrou pela porta do café. Chegou pouco antes das nove horas, mas eu já estava lá. Cheguei por volta das oito e meia, pedi um café no balcão e esperei que a mesa da janela fosse desocupada. Isso aconteceu às 8h39, e eu não estava sentada há muito tempo quando Henry D. subiu os degraus. Ele abriu a porta, me viu sentada junto à mesa e, com a expressão de uma pessoa que havia me reconhecido, veio na minha direção, hesitou pelos instantes que demorei para me levantar da cadeira e logo estávamos os dois frente a frente, sem encontrar um cumprimento adequado.

Henry D. deu um passo em minha direção e estendeu a mão, porém quando eu também dei um passo à frente ele a afastou de leve. Me demorei um pouco, e no fim nos demos um abraço meio torto, eu com meio beijo no ar de um lado, ele com dois tapinhas no meu ombro, uma inusitada mistura de cumprimentos, resquícios de antigos hábitos do passado, e tudo terminou como uma estranha dança: tímida e um pouco desajeitada.

Nós dois chegamos a rir um pouco, sem dúvida em razão da falta de jeito e dos gestos desengonçados, mas também porque a situação como um todo parecia inédita. Claramente havíamos perdido a habilidade de cumprimentar outra pessoa, ou melhor: a habilidade de cumprimentar uma pessoa que reconhecêssemos e que também nos reconhecesse.

Não que fosse algo especial. Não passávamos de duas pessoas que haviam se encontrado no dia anterior e saído da categoria *outra pessoa* para entrar na categoria *certa pessoa*, e que naquele momento tornavam a se encontrar. Em tese era simples, porém estávamos tão acostumados a conviver com pessoas que imaginavam não haver nos visto antes que já nem ao menos lembrávamos como se cumprimenta uma pessoa conhecida.

Mas o fato era esse: nós dois nos conhecíamos. Havíamos nos encontrado no dia anterior, e nos lembrávamos de tudo hoje, e mesmo que eu já tivesse visto todos os clientes e todos os funcionários do café e todos os transeuntes do outro lado da janela muito mais vezes do que eu tinha visto Henry D., nenhuma dessas pessoas diria que me conhece. Na verdade, todas diriam que nunca tinham me visto. O reconhecimento vinha somente da minha parte, porém naquele momento estávamos ambos lá, eu e Henry D., e se nos perguntassem se nos conhecíamos, poderíamos responder que sim, que de fato nos conhecíamos. Já tínhamos conversado, sabíamos o nome um do outro, lembrávamo-nos de haver nos encontrado antes e naquele instante demos continuidade a uma conversa que teve início ontem na universidade, e que pôde continuar na mesa do Café Möller, onde nós dois havíamos nos encontrado e nos cumprimentado em uma dança tímida que nos levou a rir.

Ele deve ter sentido a mesma surpresa que eu, porque a situação como um todo foi repleta de leveza, de uma exuberância que não podia ser atribuída ao simples fato de que havíamos passado boa parte da noite anterior em claro. Rimos nossas risadas curtas e libertadoras, e de repente já não havia mais nada de estranho na situação. Simplesmente demos continuidade a uma conversa já começada.

Mesmo agora a lembrança do nosso encontro me faz sorrir, e de repente penso em todo o tempo que passei sem esse duplo reconhecimento, sem esse pequeno estremecimento na consciência, essa leve vibração no cérebro que sentimos ao reconhecer uma pessoa que também nos reconhece. A sensação havia passado longe por tanto tempo que chegou como uma surpresa, como um novo e inusitado sentimento que nos levou a uma estranha dança.

Voltei ao apartamento na Wiesenweg, sozinha, pois cada um de nós tomou seu rumo, embora ainda surpreso com a possibilidade de ter uma história com outra pessoa em pleno dezoito de novembro, uma história curta, porém assim mesmo uma história com direito a encontros, despedidas e promessas de reencontros. Quando nossas risadas leves e um pouco nervosas terminaram de soar, Henry D. disse que estava preocupado.

Ele temia que a minha lembrança do nosso encontro pudesse se apagar ao longo da noite. Respondi que pela manhã, ao fim de uma noite inteira em claro, eu tinha quase certeza de que tudo não passava de fantasia minha, de que o nosso encontro não tinha existido, de que nada tinha acontecido. Mas afinal tinha mesmo acontecido, e assim ele pediu um café e fizemos juntos o desjejum, e ainda não entendo direito como, mas de repente estávamos lá, falando sobre o nosso primeiro encontro ontem na universidade, Henry D. com a versão dele, eu com a minha, ele descendo a escada de um auditório, eu saindo de uma fileira de cadeiras, ele com um olhar curioso sobre a mulher que vinha na direção contrária, eu com um gesto que sugeria disposição para conversar, e assim ficamos, cada um com seu olhar, duas perspectivas distintas, porém criadas a partir dos mesmos ingredientes: o auditório, a fileira de cadeiras e a escada que levava à saída. Lembrávamo-nos de tudo e estávamos juntos nessa lembrança, pois nós dois tínhamos o encontro gravado na memória.

Quando terminamos o desjejum, voltei ao meu apartamento e o convidei a entrar, não para ver a minha bagunça romana, os sacos de lixo ao lado da porta, as xícaras deixadas pela metade, as embalagens de salada, o chão repleto de papéis e livros espalhados, mas para ver a cozinha arrumada, a sala com estantes e pastas e papéis em pilhas organizadas. Aquelas eram todas as minhas investigações. Livros sobre gregos e macedônios, micenianos e persas, folhas com anotações sobre hititas e sumérios e um maço de papéis sobre os egípcios. E havia os romanos, claro. Havia livros sobre os francos e pastas sobre os espartanos e os etruscos. Havia notas sobre os povos do Norte, listas com nomes de várias linhagens germânicas, e na mesa ao lado do computador estavam o *Rome and Rye* de Janita Weng e o livro mais recente dela, *Noxious Pustule — The Case Against Claviceps purpurea* ao lado de outras obras de referência sobre naufrágios arqueológicos, tudo em uma ordem que não era nem cronológica nem alfabética nem geográfica nem correspondia a qualquer outro sistema conhecido, mas assim mesmo era um tipo de ordem. Era possível caminhar sem esbarrar nos maços de papel, não havia restos deixados após dias e noites em busca de romanos mortos e culturas desaparecidas, era fácil encontrar o caminho entre um cômodo e outro, não era preciso cavar nem desbastar a floresta nem abrir caminho com um facão. Era apenas um apartamento, o apartamento relativamente bem-organizado de uma pessoa curiosa, que deixamos após um breve intervalo, uma olhada na nespereira do pátio e um copo d'água na pia da cozinha. Ao sair, deixamos nossas bolsas no chão da cozinha. Não debatemos o assunto. Simplesmente as deixamos lá ao sair do apartamento e fomos dar um passeio demorado ao longo do rio.

Foi lá que enfim começamos a discutir a história toda, a sequência de dezoitos de novembro que puxamos pelo fio da memória, desde o primeiro dia até uma época ainda mais antiga, a nossa vida antes do dezoito de novembro, para no fim retornarmos aos inúmeros dias de novembro. Sentamos no muro de pedra à beira do rio enquanto os navios passavam por nós e revisitamos nossa sequência de dias antes de mais uma vez comentar os detalhes do nosso encontro inesperado, a surpresa, a preocupação e o acaso extraordinário que haviam nos aproximado, e ao fim de um longo tempo sentados por lá tomamos novamente o caminho da cidade, para então voltar ao apartamento, onde Henry pegou a bolsa do chão e cada um de nós tomou seu rumo — ele foi para o hotel, eu para a minha cama, onde gostaria de ter me deitado para dormir, caso fosse possível, mas já não me sinto cansada, pelo contrário, me sinto revigorada e tomada de espanto, pois, mesmo que por um tempo eu houvesse considerado a hipótese de puxar outra pessoa até o dezoito de novembro, jamais teria imaginado encontrar alguém que já estivesse no mesmo loop.

Foram os romanos que me levaram até Henry D. Ou melhor, não fui levada até Henry D. Ele simplesmente apareceu. Eu talvez já o tivesse visto antes, porque agora estou razoavelmente convencida de que o vi na cantina da Heinrich Heine Universität numa das minhas primeiras visitas. Talvez, se estivesse atenta, se houvesse procurado as diferenças, eu o teria encontrado antes. Mas eu não estava à procura das diferenças, estava à procura dos romanos. E, quando não estava à procura dos romanos, eu estava à procura dos gregos e dos etruscos, dos sumérios e dos micenianos, dos germanos e dos francos. Esse tipo de coisa. Eu não estava à procura de um homem com uma bolsa.

Henry D. tampouco estava à procura de outra pessoa. Tinha simplesmente entrado num auditório e sentado num lugar qualquer. Anteontem. Segundo ele, isso quer dizer que de certa forma estava à procura. Ele já tinha estado na universidade e visto um cartaz sobre uma palestra na entrada do auditório. Tinha entrado e sentado numa das fileiras superiores.

Quando subi a escada no auditório e me sentei na mesma fileira escolhida por Henry D., eu já tinha assistido à palestra uma vez antes. Foi numa das minhas primeiras visitas à universidade. Eu caminhava sem rumo pelos corredores à procura da cantina. Lá vi um cartaz que me lembrou da palestra no dezoito de novembro: *Hoje*, diziam as enormes letras vermelhas no topo do cartaz, e a seguir havia uma descrição sobre o comércio e o suprimento de provisões no Império Romano. A aula aparentemente integrava uma série de palestras ao longo de todo o outono, um trabalho interdisciplinar relacionado às sociedades complexas, desde a antiguidade até os dias de hoje.

Não faltava muito para o início da palestra, e após passar um tempo na cantina eu segui com passos meio hesitantes em direção ao auditório, que encontrei sem maiores problemas. Lembro que me senti despreparada e estive a ponto de voltar atrás quando, com um gesto de cabeça em direção ao pequeno número de espectadores, comecei a andar pela terceira fileira. Pouco antes do início chegou um grupo formado por vários estudantes. As primeiras fileiras logo foram ocupadas por pessoas que se conheciam e falavam sem parar umas com as outras, e senti que eu era um estorvo, que havia me intrometido naquilo tudo.

A palestra era sobre todo o aparato logístico implementado para garantir o constante fluxo de mercadorias e recursos indispensáveis à sociedade romana. Foi dada especial atenção aos problemas ligados à importação, ao transporte e ao armazenamento das enormes quantias de grão que eram necessárias. Ao longo da palestra, que foi proferida em alemão, ficou claro que o meu conhecimento da língua não era tão bom quanto eu esperava, pois mesmo que eu me virasse em alemão no dia a dia, havia muitos detalhes e muito jargão técnico que eu desconhecia. Ainda assim, aquilo foi o bastante para despertar meu interesse, e deixei o auditório com a certeza de que gostaria de retornar em outra ocasião.

Foi o que fiz anteontem, nos últimos instantes antes que a palestra iniciasse. Dessa vez senti que pisava em chão mais firme. No meio-tempo eu havia não apenas me inteirado melhor acerca dos romanos, mas também começado a transitar entre os estudantes, e em diversas ocasiões tinha entrado na sala das mais variadas disciplinas. Tanto o meu alemão como o meu mundo haviam se expandido, e eu sentia um ímpeto que abria porta atrás de porta, havia salas e auditórios onde eu me sentava no fundo para assistir às aulas que por um motivo ou outro chamavam a minha atenção, e havia também o mundo dos romanos: eram portas de entrada e de saída.

Eu me sentia preparada. Tinha assistido a gravações das primeiras palestras da série e me familiarizado com parte do jargão técnico empregado. Na biblioteca eu havia retirado livros sobre os recursos do Império Romano e também sobre a falta deles: sistemas hidráulicos, mineração e importação de alimentos. Eu tinha lido artigos sobre o comércio de grãos e as operações ligadas aos gigantescos silos, e finalmente havia terminado de ler o *Rome and Rye* de Janita Weng, no qual a autora detalhava a hipótese de que a falta de trigo ao Norte teria sido responsável por interromper a expansão do Império Romano. Eu tinha passado noites e mais noites na minha poltrona, lendo as extensas e detalhadas explicações que Weng oferecia. Li sobre as rações de grãos e a importância decisiva dos estoques, sobre os temores surgidos quando o fornecimento começou a falhar e sobre o pão de trigo como um marcador de identidade, segundo afirmava Weng. A autora defendia a hipótese de que a percepção que os romanos tinham acerca de si mesmos estava ligada ao suprimento de grãos, pois já na época o trigo era visto como a diferença entre humanos e animais, romanos e bárbaros. A história do trigo, segundo ela, havia se transformado na história da superioridade de um povo. Plauto debochava dos povos mais primitivos, que ofereciam ervas aos hóspedes, como se fossem gado. Weng citava Plínio e Galeno. Descrevia a contrariedade dos romanos em relação ao pão escuro consumido nas regiões da Trácia e da Macedônia, que não podia ser considerado um alimento humano. Detalhava os malefícios do centeio, pois ao longo de quinhentos anos houve uma unanimidade entre os romanos: a crença segundo a qual sem o trigo os romanos retornariam ao estágio primitivo, à vileza dos bárbaros. Somente os comedores de trigo podiam ser considerados povos civilizados. O imperador ou *praefectus annonae* incapaz de oferecer trigo ao povo mal poderia ser chamado de romano, e grãos como centeio serviam apenas para bárbaros e animais.

No fim acabei mais interessada nos bárbaros do que nos romanos. Em todos aqueles que haviam lançado a pedra fundamental para o mundo dos romanos, em todos os povos desaparecidos que os romanos mal conheciam, e em todos aqueles que vieram depois e que logo acabariam nas regiões dos romanos — um sem-número de linhagens, grupos e povos com nomes que eu jamais tinha ouvido. Minhas excursões ao mundo romano haviam me levado a várias direções ao mesmo tempo, rumo a uma mistura de países e reinos e culturas. Já não era mais o meu progresso ou a extensão do Império Romano o que me ocupava, ou pelo menos não era esse o principal objeto do meu interesse. Antes, era a ideia dos inúmeros reinos diferentes que haviam existido em constante intercâmbio mútuo, ora envolvidos em conflitos e guerras, ora em um vagaroso processo de transformação.

Talvez por esse motivo eu anteontem mais uma vez tenha ido à universidade. Porque havia mais coisas que eu gostaria de saber. Sobre aquela enorme rede que se estendia em todas as direções. Talvez sobre o contraste entre os recipientes dos romanos e aquele constante intercâmbio com os arredores. Qualquer que fosse o motivo, mais uma vez peguei o trem até a universidade, dessa vez um pouco atrasada, me apressei para cruzar a praça, onde as pessoas estavam sentadas aqui e acolá no muro baixo, peguei um atalho pelo interior de um prédio e entrei por uma porta lateral já quase no auditório onde ocorreria a palestra. O grupo de estudantes jovens já conversava sentado nas primeiras fileiras quando subi a escada às pressas e me sentei num lugar mais alto no auditório, onde parecia haver mais ar fresco. Um pouco mais para o meio da fila havia outras três ou quatro pessoas. Henry Dale — ou a pessoa que mais tarde se apresentaria como Henry Dale — era uma delas.

Num primeiro momento ele não chamou a minha atenção. Me sentei a dois ou três assentos do corredor e só notei a presença dele porque Henry D. saiu do auditório durante o intervalo, pouco antes da sessão de perguntas. Devia estar sentado mais ou menos no meio da fila, e naquele instante se levantou, pendurou a bolsa no ombro e se preparou para sair. Notei que outra pessoa dois ou três lugares mais além também havia se levantado, então me levantei do assento, que se fechou às minhas costas, ao mesmo tempo que dei um passo atrás, para assim dar passagem àquele homem.

Ele parecia impaciente, mas ao mesmo tempo tinha um jeito meio apologético, e de repente o notei quando desceu a escada com os cabelos presos num rabo de cavalo e a bolsa grande, a jaqueta pendurada no braço e o jeito meio desengonçado. O aspecto era de um homem um pouco mais velho do que a média dos estudantes. Eu havia me sentado numa fileira um pouco mais baixa no auditório e imaginei que ele fosse professor ou talvez um aluno mais velho. Um detalhe qualquer me fez pensar que ele parecia estar fora de sintonia com aquele local, não muito, porém o suficiente para chamar atenção ao descer a escada em direção à saída.

Eu tinha a impressão de já o ter visto antes, mas isso não era nada incomum. Vejo as pessoas repetidas vezes, e com frequência as cumprimentei como se nos conhecêssemos, mesmo que eu soubesse muito bem que o reconhecimento vinha apenas da minha parte. Via de regra, vejo-as sempre na mesma hora e no mesmo lugar, mas por vezes as encontro em outros contextos: um operador de caixa que trabalha no supermercado pela manhã e aparece caminhando na rua às três da tarde ou um cliente de restaurante que de repente surge à minha frente numa loja, e naquele momento tenho a impressão de já ter visto antes o homem que havia passado ao meu lado. Eu me lembrava da bolsa, e imaginei que o tivesse visto na cantina, porém alguma coisa parecia diferente. Talvez estivesse usando outra roupa, talvez o corte de cabelo fosse outro, eu não saberia dizer. Notei a cor da camisa, um verde meio desbotado. Era uma cor bonita, mas incomum. Parecia chamativa.

No início, nada me causou surpresa. Era apenas um homem de camisa verde com uma bolsa pendurada no ombro. Era possível que o tivesse visto antes, mas agora já não penso muito a respeito dos homens que vejo pelo caminho nem sobre as roupas que vestem, não durante esses meus dias de outono, a menos que sejam torcedores de futebol ou ladrões numa bicicleta, claro.

Quando o homem de camisa verde passou ao meu lado e continuou descendo a escada em direção à saída, a primeira pergunta estava prestes a ser respondida. Eu já tinha uma pergunta na ponta da língua, uma pergunta relativa às teorias de Janita Weng e outros tipos de grão que podem ter sido importantes, como o centeio, mas de repente perdi a concentração e desisti de perguntar.

Não sei dizer se foi por ter perdido a concentração ou por já ter pressentido que havia alguma coisa errada, mas ontem mais uma vez peguei o trem até a universidade, entrei no auditório para ouvir novamente a mesma palestra e me sentei no mesmo lugar. Ao chegar, dei pela falta de um espectador um pouco mais no meio da fila e não encontrei o homem de camisa verde, mesmo que por duas ou três vezes eu tivesse olhado discretamente ao redor à procura dele, tudo enquanto tentava me concentrar no comércio de grãos em Roma: técnicas de carga e descarga, comentários sobre a vida útil dos grãos, dificuldades no armazenamento, medição de quantidades, administração dos meios de pagamento e também o próprio transporte de grãos por meios terrestres ou aquáticos em relação ao transporte de outros produtos, materiais e matérias-primas como sal, estanho e cimento, óleo e extratos de peixe, todos necessários ao Império Romano.

Porém o espectador faltante não apareceu. Ou melhor, apareceu no intervalo, depois que a palestra já tinha acabado, e sentou-se duas filas acima no auditório. Eu o vi subir as escadas até as filas mais altas, e logo depois foi anunciada a sessão de perguntas.

Dessa vez o recém-chegado usava uma camisa azul, mas eu não tinha dúvida nenhuma de que era a mesma pessoa. Ele ainda trazia a jaqueta no braço e tinha a bolsa pendurada no ombro, e sentou-se antes que a primeira pergunta fosse feita.

Mais uma vez eu tinha uma pergunta já pronta. Dessa vez eu a tinha anotado. Queria perguntar se estava mesmo correto afirmar que os romanos — apesar das dificuldades de obter grãos para os cidadãos de Roma e para os legionários nas províncias do império — em nenhum momento haviam consumido ou importado centeio, e se a dificuldade de cultivar trigo para além da fronteira com os germanos poderia ser um fator adicional ou até mesmo decisivo para impedir a expansão de Roma em direção ao norte.

Claro que eu também já tinha entendido que havia alguma coisa profundamente errada. Não apenas por eu ser a única pessoa interessada na relação entre os romanos e o centeio, mas também porque — ou mesmo principalmente porque — o homem que havia subido as escadas vestia uma camisa da cor errada. No dezoito de novembro ninguém troca de camisa. O dezoito de novembro se repete, e os passageiros do dezoito de novembro não usam camisas diferentes na mesma hora do dia. No dezoito de novembro as pessoas agem segundo padrões fixos, e enquanto não forem retiradas desses padrões ocupam sempre o mesmo lugar. As pessoas não descem a escada num dia para subi-la no dia seguinte.

Enquanto o homem de camisa verde subia a escada, dessa vez com uma camisa azul, comecei a entender que talvez eu não fosse a única a acordar com o pé esquerdo no dezoito de novembro. Claro que podia haver outra explicação, e cheguei a cogitar duas ou três, mas eu sabia muito bem: aquela era uma quebra no padrão, e a explicação que mais fazia sentido era que o homem sentado um pouco acima no auditório também estivesse preso no tempo.

Claro que nunca fiz a minha pergunta, porque a única coisa em que eu conseguia pensar era no espectador duas filas atrás de mim. Além disso, eu tinha a impressão de que ele também me observava. Eu estava vestida com as mesmas roupas do dia anterior, e sentada no mesmo lugar, então não conseguia entender por que motivo teria chamado a atenção dele. Talvez eu o houvesse encarado um pouco demais enquanto subia a escada, ou talvez ele houvesse pressentido a atenção que de um instante para o outro lhe dediquei.

Mas também pensei que ele já devia saber que eu me encontrava num outro tempo. De qualquer forma, eu tinha compreendido o que havia de errado com ele, e aquilo me pareceu muito perturbador. Como sair nua por uma rua deserta à noite e de repente encontrar outra pessoa, também nua, que saiu por outra rua deserta à noite. Era a sensação que eu tinha. A de estar nua. Desvelada.

Depois da última pergunta eu guardei as minhas coisas e fechei a bolsa, pronta para sair às pressas. O sujeito de camisa azul havia se reclinado no assento com a jaqueta no braço durante a sessão de perguntas, mas naquele instante se levantou. Fiz o mesmo e cheguei à escada no momento exato em que ele passava pela minha fila. Limpei a garganta e disse que gostaria de lhe fazer umas perguntas.

Ele acenou com a cabeça. Saí da fileira com a minha bolsa e descemos a escada. Ainda no caminho, perguntei a ele com a voz um pouco insegura — não sei se era o meu alemão desajeitado ou a situação inusitada o que me deixava nervosa, mas provavelmente ambos — se ele também era uma repetição. *Ein Wiederholung*, eu disse, pensando no mesmo instante que o certo teria sido *Eine Wiederholung*. A combinação do meu sotaque, do meu erro de concordância e da estranheza daquela frase fez a pergunta soar muito peculiar. Ele simplesmente acenou de novo com a cabeça, porém logo mudou de ideia e fez um gesto circular apontando o auditório. Na verdade, disse, tudo isso é que foi uma repetição. Concordei e disse que essa seria uma forma mais precisa de se expressar, porque eu tinha certeza de que ele também estava preso no dezoito de novembro.

Ele sugeriu que tomássemos um café. Aceitei o convite e fomos em direção à cantina, que estava lotada. Seria difícil encontrar uma mesa livre onde pudéssemos conversar em paz, e assim ele sugeriu que comprássemos um café da máquina que ficava um pouco mais adiante no corredor. No caminho ele abriu a bolsa e pegou a carteira, e no fundo da bolsa aberta vi um objeto verde, sem dúvida a camisa, antes que ele tornasse a fechá-la e me perguntasse que café eu queria.

Enquanto ele buscava o café, fui até umas mesas num canto. Não havia muita gente por lá, então larguei a minha bolsa e fui ajudá-lo com os cafés, que eram trazidos em um número quase impossível de malabarismo. A bolsa grande quase fazia com que ele perdesse o equilíbrio, e assim me apressei em pegar um dos copos de papel. Já sentados, percebemos que não havíamos nos apresentado. Eu disse que me chamava Tara Selter. Ele se chamava Henry Dale.

Contou que antes que o tempo se estilhaçasse, mais exatamente no dezesseis de novembro, ele havia chegado a Düsseldorf para participar de uma conferência na universidade. Ele era norueguês, mas tinha estudado em Freiburg e em Düsseldorf. Muito tempo atrás, disse. Henry D. era sociólogo. Morava em Oslo. Mas passava a maior parte do tempo na Alemanha. Ou nos Estados Unidos, mas essa era uma longa história, disse.

Contei que tinha estudado antropologia. No momento eu trabalhava como sebista, ou melhor, pouco tempo atrás eu trabalhava como sebista. No momento eu não era nada. Simplesmente havia me interessado pelo Império Romano. Pelos limites do império. Ao menos era o que eu vinha fazendo.

Mas naquele momento era como se os limites estivessem se desfazendo. Meus horizontes haviam se ampliado.

Mas afora isso eu não era nada. Eu vivia num dia de novembro. Numa repetição. Havia tentado fazer com que o tempo passasse. Mas o tempo continuava parado. O dezoito de novembro era um recipiente, ou pelo menos era assim que eu o via. Queria entender por que eu estava lá. E fazer o menor estrago possível. Presa numa jaula dourada, eu disse, e então comecei a explicar o que queria dizer com isso. Ou talvez eu fosse um monstro. Um monstro que devorava o mundo. Uma aberração no dezoito de novembro. Notei que ele deu pela falta de alguma coisa na minha explicação. Eu o encarei. Ele não disse nada. Mas também estava lá, pensei no mesmo instante. Agora somos dois.

Perguntei quando ele havia notado que não era o único preso no dezoito de novembro. Só quando perguntei se ele era uma repetição, respondeu Henry D. Mas já havia suspeitado que tinha alguma coisa errada. E justamente por isso voltara. Ele teve a impressão de notar algo estranho quando passou por mim ao sair da fileira no auditório.

Ao fim do café, passamos mais um tempo sentados com nossos copos vazios naquela situação impossível. A certa altura pensei que eu o tinha assustado com meus comentários estranhos, mas quando ainda um pouco hesitante sugeri que fôssemos à cidade e encontrássemos um lugar para comer ele concordou com a cabeça e se levantou.

Pendurou a bolsa no ombro, recolheu os nossos copos de papel e os jogou numa lixeira enquanto eu pegava a minha bolsa no chão. E assim deixamos a universidade. Dois viajantes com bolsas um pouco grandes demais para a situação.

Fui para casa cerca de duas horas mais tarde — desorientada e com o sentimento de estar numa situação irreal. De fato parecia impossível que duas pessoas totalmente independentes uma da outra se descobrissem presas no mesmo dezoito de novembro. E, não sendo impossível, seria ao menos pouquíssimo provável que essas duas pessoas se encontrassem por acaso.

E hoje pela manhã nos encontramos no Café Möller. Estávamos ambos receosos de que nossas lembranças do encontro pudessem se apagar da memória um do outro ao longo da madrugada, porém tudo se manteve no lugar. Em duas consciências, não em uma só.

Eu quase não havia dormido. Henry tinha dormido umas poucas horas, porém acordou e percebeu que ainda se lembrava de tudo. Se lembrava do nosso encontro. Se lembrava do nosso café. Se lembrava da nossa ida à cidade, um passeio com poucas frases trocadas, marcado pelo silêncio entre nós, o que mostrava que nós dois precisaríamos de um tempo para compreender o que tinha acontecido. Se lembrava do restaurante japonês onde havíamos comido. Se lembrava de tudo o que havíamos conversado.

Vou repetir o que já escrevi: encontrei outra pessoa que lembra. Essa é a frase que não sai da minha cabeça desde hoje pela manhã, e agora a escrevo aqui no computador, no meu arquivo, que logo pretendo imprimir. Em papel, esse material que também lembra — até ontem o único lugar de onde eu podia esperar um pouco de lembrança, minha única testemunha, meu único confidente.

Mas agora somos dois. Dois do mesmo tipo: rememoradores presos no dezoito de novembro, já não mais sozinhos.

#1148

Sinto como se minha voz tivesse adormecido. Como se não pudesse acompanhar as longas sessões das quais tem participado nesses últimos dias. Me ocorreu que tive pouquíssimas conversas com as pessoas ao meu redor desde que celebrei o Natal com a minha família. E todas foram breves. Breves e amistosas. E não me cansaram em nada.

Mas agora eu e Henry D. temos conversado muito. Acabamos roucos, nossas cordas vocais se cansam, fazemos pausas, tomamos cada um de nós o próprio rumo, e no encontro seguinte nossas conversas podem continuar. Não é preciso repetir nada, porque não há ninguém que se esqueça de tudo ao longo da noite. É estranho encontrar outra pessoa que lembra. Foram muitos dias sozinha nessa lembrança. 1143 dias durante os quais tudo sumiu da memória dos outros.

Ou 1144 dias. Comparamos a nossa contagem de dias. Nossos cálculos não batem. Henry tem mais dias do que eu. Para ele, foi no dia #1144 que nos encontramos, bebemos café, fomos à cidade e nos despedimos na frente de um restaurante japonês. Para mim, o dia #1144 foi aquele em que nos encontramos no Café Möller e nos cumprimentamos numa estranha dança. Contei os dias no meu caderno diversas vezes. Henry contou os dele. Não consigo chegar a outro resultado, e ele não consegue chegar a outro resultado. Eu tenho agora 1148 dias, ele tem 1149.

Mas concordamos em quase tudo. As variações são pequenas. Concordamos que o dia dezoito se repete. Concordamos que as repetições foram tão numerosas que ultrapassariam três anos, se estivéssemos contando anos. Mas não estamos contando anos, estamos contando dias, e a discrepância é mínima, a distância é pequena. Concordamos que duas pessoas com bolsas grandes demais se encontraram na Heinrich Heine Universität cinco dias atrás. Concordamos que nos sentamos juntos com nossos copos de papel, nossos recipientes de bebida quente, e conversamos sobre o mesmo dia enguiçado. Nem sempre usamos as mesmas palavras, mas aquelas que usamos são precisas o bastante. Concordamos que nos encontramos no Café Möller quatro dias atrás. Que demos um passeio ao longo do rio. Que nos encontramos três dias atrás e também anteontem e ontem, quando fomos ao parque aqui perto e mais uma vez discutimos a quantidade de dias e o nosso próximo encontro. Já não temos mais receio do esquecimento. Se temos, é um receio pequeno.

#1150

Jogamos cara ou coroa com o sestércio. A moeda estava lá, na xícara lascada em cima da mesa da cozinha, onde havia encontrado um lugar em meio a sachês de açúcar amassados e uma barrinha de chocolate de um café que havíamos visitado.

Eu havia contado a Henry sobre a moeda que levava a Roma. Havia contado que o sestércio tinha ficado lá, em cima da mesa da cozinha, num lugar errado, praticamente um estorvo, até que de repente se transformou e deu início às minhas investigações sobre o mundo romano; e por fim — agora — voltou a ser apenas uma moeda, um fragmento de metal. O sestércio está guardado na xícara lascada e pode ser tirado de lá quando for necessário — para jogar cara ou coroa, por exemplo —, assim como o açúcar, que está à disposição sempre que necessário.

E aconteceu: o sestércio foi necessário. Quando jogamos cara ou coroa, foi Henry quem ganhou. Como resultado eu pulo o dia #1149 e Henry Dale vem morar no meu apartamento. Assim sincronizamos o espaço e o tempo.

Ele chegou com a bolsa, as roupas e uns livros e papéis que havia buscado no hotel. Guardou a escova de dentes em um copo no banheiro e pendurou a camisa verde e uma calça na poltrona da sala. Falamos sobre coisas que somem e coisas que permanecem. Henry acha que a camisa ficará com ele, mesmo que seja nova. Ele já não precisa mais dormir com ela ou carregá-la na bolsa.

Mas ainda não sincronizamos bem os idiomas. Ele fala alemão, eu falo inglês. O norueguês que ele fala eu conheço mais como a língua do inverno, como a neve. Alternamos entre alemão e inglês e às vezes falamos um pouco de francês.

Hoje Henry arranjou um sofá-cama, que agora está na sala. A mesa de jantar foi posta na cozinha. Está lá, com as cadeiras ao redor e com pessoas que sentam para fazer as refeições, conversam e lembram. Guardei praticamente todos os meus papéis e livros no quarto, e amanhã vamos buscar uma mesa de centro que Henry encontrou num antiquário. Logo vamos ter um sofá, uma mesa de centro e uma poltrona no canto.

Fizemos as compras para o jantar. Henry hesitou ante a minha insistência em comprar produtos prestes a vencer. Ele está tentando se habituar a comer restos. Sabe muito bem que estamos consumindo o mundo. Nota as prateleiras vazias. E viu pratos serem retirados do menu nas lousas em restaurantes e cafés, e viu os potinhos de geleia de damasco servidos no bufê de um hotel desaparecerem, mas depois trocou de hotel. Ou de cidade. Contei que tive o mesmo problema, porque também gosto de damasco, mas troquei para geleia de morango antes que a de damasco acabasse. Ele acha curioso compartilharmos experiências tão inusitadas. Geleias. O som da cafeteira. As lousas dos restaurantes. Uma sequência infinita de hotéis, camas e cafés. *Welcome to the leisure class*, ele disse. Respondi que uma classe com apenas duas pessoas era pequena demais. Mas pelo menos era maior do que uma classe de uma pessoa só.

Ele acha que o meu impulso de comer restos é uma reação exagerada. De que adiantaria? Estamos esvaziando o mundo, porém que diferença faz? Respondi que nós consumimos um pouco menos do mundo se nos restringirmos a comer só aquilo que iria para o lixo. Que assim sobra mais, se um dia o dezenove de novembro chegar.

Henry acha que o dezenove de novembro não vai existir. Ou pelo menos é o que diz. Ele acha que já teria acontecido muito tempo atrás se fosse possível. Está há tanto tempo no dia dezoito que já não acredita mais no dezenove. Perguntei se ele não tinha passado tempo suficiente no loop para achar que estava sozinho para sempre. Claro que tinha, ele respondeu. Mas descobri que eu estava errado. Exato, eu disse. Você pode descobrir que estava errado. Não sei ao certo o que me levou a fazer um comentário otimista, porque eu também não acredito na chegada do dezenove de novembro. Mas pode ser que um de nós precise ser otimista. Assim os papéis ficam divididos.

É vertiginoso pensar dessa forma. Pensar que outra pessoa viveu no mesmo dezoito de novembro que eu, enquanto eu vivia a minha vida acreditando estar sozinha. Que comemos geleia de damasco e nos fizemos as mesmas perguntas. Que Henry também acreditou estar sozinho. Mas não estávamos.

#1167

O que penso de Henry Dale? Eu mesma não saberia dizer. O que eu teria pensado se tivéssemos nos encontrado em outras circunstâncias? Não sei se eu chamaria de simpatia. É uma outra coisa, um destino compartilhado. Uma coisa que se abateu sobre nós dois.

Hoje pela manhã, quando Henry D. entrou na cozinha, dessa vez usando uma camisa branca que eu não tinha visto antes, pensei num quarto de hospital. Um quarto com apenas duas camas, uma comigo e outra com uma menina um pouco mais velha. Eu devia ter treze ou catorze anos, ela parecia ter uns dois anos a mais. Nós duas íamos retirar as amígdalas, e ela tinha entrado no quarto com uma bolsa verde e cabelos volumosos e cacheados, presos com um elástico, claramente insatisfeita de ter que seguir as regras do hospital, vestir o avental e submeter-se à cirurgia. Eu já estava na cama com o avental branco do hospital quando ela pediu a uma enfermeira que buscasse um avental maior, porque o que haviam lhe dado era pequeno demais.

A enfermeira elogiou a bolsa dela e fez perguntas sobre a vida e a escola, e a menina respondeu de um jeito insolente e pediu ajuda para várias coisas simples, como se a enfermeira fosse a empregada ou a serviçal dela.

Tínhamos que fazer jejum à noite, então bebemos um refresco vermelho-escuro em vez de jantar. Estava claro que a minha companheira de quarto achava que a minha presença naquele local era uma circunstância indigna. Como se fossem eu e a minha infância as culpadas pela necessidade de beber refresco e dormir cedo, como as crianças pequenas, e assim não trocamos muitas palavras naquela noite após concordarmos que o refresco tinha um gosto esquisito. Na manhã seguinte seríamos levadas à sala de operações — primeiro eu, depois ela. Recebi a anestesia numa máscara, pediram que eu contasse até dez, mas cheguei apenas até o quatro, e quando acordei eu já estava de volta ao quarto, sem nenhuma cama ao lado. Lembro apenas que acordei e senti tontura, e que a outra cama não estava mais lá. Senti enjoo e procurei o cordão usado para chamar a enfermeira, mas ele não estava lá, e em pouco tempo voltei a adormecer.

Quando acordei a outra cama estava de volta ao lugar, e minha companheira dormia profundamente, enquanto mais uma vez eu tentava encontrar o cordão para chamar outra pessoa, mas tudo que consegui encontrar foi um gancho no alto da parede, onde ele devia estar preso. Com todo o cuidado, me virei na cama e tentei ir até a parede em direção ao gancho, porém os meus braços estavam sem forças e cederam sob o meu peso quando tentei me apoiar. Na segunda vez que tentei, senti enjoo e vomitei sangue em cima da fronha branca, porém mais tarde voltei a tentar e na terceira ou quarta vez consegui.

Me apoiei na guarda da cama e avancei em direção à parede, que tinha uma coloração levemente amarelada e estranhamente irregular, me estiquei e por fim consegui puxar o gancho onde o cordão devia estar preso. Ouvi um barulho no corredor, mas não aconteceu nada.

Pouco depois uma enfermeira entrou no quarto. O olhar dela correu de uma cama para a outra, do cordão da minha companheira até o cordão que devia estar ao lado da minha cama e ao gancho mais acima e de volta ao meu travesseiro. Não sei como tenho uma lembrança tão vívida, porque eu ainda devia estar sob o efeito da anestesia. A enfermeira disse que poderia trocar a minha fronha, e deve ter feito essa troca, porém só voltei a acordar quando minha mãe, meu pai e Lisa entraram no quarto, um atrás do outro pela porta marrom. Minha fronha estava branca e limpa, minha companheira de quarto tinha acordado e sentado na cama, e do meu gancho pendia um cordão que descia quase em zigue-zague junto à parede, com as dobras resultantes de um longo período de armazenamento.

Durante o resto da nossa estadia no hospital, praticamente não nos falamos. Eu era a paciente mais jovem e insignificante, que logo se recuperou e voltou a ser como antes, enquanto ela sentia dores e empalidecia e parecia exausta na cama. Os cabelos dela estavam tristes e sem volume. Ela se achava adulta demais para se alegrar com as enormes quantidades de sorvete de baunilha que nos foram servidas, e nada era capaz de tirar a expressão lamuriosa daquele rosto, até que de repente ela se sentiu melhor, tomou um banho demorado e também voltou a ser como antes.

Todos ficaram encantados, e as pessoas receberam com uma salva de palmas a transformação dela, que de repente foi de paciente pálida a adolescente glamourosa. No dia seguinte nossos pais foram nos buscar; ela pela mãe, recebida com um rosnar de cansaço, e eu pela minha família, que insistiu em tirar uma foto de nós duas juntas no quarto.

Não sei dizer se em outras circunstâncias — caso fôssemos mais velhas, por exemplo — poderíamos ter feito amizade. Acredito que não, mas assim mesmo fui embora com o sentimento de que a situação havia nos aproximado, de que apesar de tudo tínhamos uma coisa em comum, que havia surgido uma ligação entre nós, a despeito de querermos ou não.

Não sei por que pensei na minha companheira de quarto no hospital. Talvez porque seja assim que vejo Henry D. Nos aproximamos em razão da estranheza das circunstâncias. Como se estivéssemos sozinhos num mundo de anestesia, refrescos e aventais brancos.

#1173

Mas não estamos quietos. Conversamos e contamos histórias, e eu falei sobre Thomas, sobre Clairon-sous-Bois e sobre a T. & T. Selter, sobre os barulhos de uma pessoa na casa. Falei sobre o meu dezessete de novembro, sobre o meu primeiro dezoito de novembro, minha visita a Philip e Marie e minha queimadura. Falei sobre os dias de névoa com Thomas, sobre andarilhos e mergulhadores e náufragos, sobre a névoa que se dissipou, sobre as nossas investigações, sobre gêmeos e parelhas de cavalos e lenhadores. Falei sobre ovos fritos que sumiam da memória, a fome de Thomas logo após uma refeição. O sentimento de um abismo que se abria entre nós. Falei sobre estar sozinha.

Disse que eu sentia como se estivesse em reconstrução, como se houvesse me transformado em outra. Descrevi minha esperança frustrada de saltar de volta para um tempo que avançava no fim do primeiro ano. Falei sobre o Natal com a minha família e a minha tentativa de construir estações. Falei sobre o inverno, a primavera e o verão. Sobre o ladrão na bicicleta e os caminhos que levam a Roma.

Tenho a impressão de que Henry D. me acha estranha. Uma pessoa curiosa. Na verdade, foi o que ele disse. Viver numa casa ouvindo os barulhos do amante perdido e tentando me convencer de que ainda estávamos juntos. Acreditar que eu poderia saltar de volta quando não paro de me bater contra o dezoito de novembro ano após ano. Acreditar que eu poderia criar estações viajando rumo ao norte ou ao sul.

Henry imaginava ter uma postura mais sóbria no que dizia respeito à situação como um todo. Disse que não tinha nenhuma ilusão. Não acreditava que fosse possível voltar, e não acreditava que fosse possível recuperar o que foi perdido ou encontrar algum tipo de explicação. É preciso reconhecer as derrotas, ele disse. É preciso suportar as perdas. É preciso viver com as repetições. Esse tipo de coisa. Mesmo assim, por um tempo ele havia nutrido a esperança de acordar no dia dezenove. E depois no vinte. A esperança de que alguma coisa pudesse acontecer.

Ele contou sobre o dezessete de novembro: um dia sem nenhum acontecimento notável. Contou sobre o dezesseis de novembro: tinha pegado um voo de Oslo a Düsseldorf e chegado no final da tarde do mesmo dia. Ele participaria de uma conferência que começaria no dia dezessete. Seria o *closing keynote*, mas teve de me explicar o que era isso. O palestrante de encerramento. A palestra dele seria no dia dezenove. Ou seja, amanhã, ele acrescentou com um sorriso. Henry ainda tinha o texto que havia preparado, mas imaginava que aquilo não teria mais utilidade. No mais, ele havia sentido necessidade de escrever sobre aquilo. Não faltava tempo para pensar.

No dia dezessete ele foi até a conferência, que começava às treze horas, encontrou colegas e saiu à noite para jantar com um grupo de conhecidos. No dia dezoito, mais uma vez participou da conferência e passou a noite se preparando para o dia seguinte. Mas o dia seguinte não foi o dia dezenove. Foi um segundo dezoito de novembro. E assim tudo continuou. Você sabe como é, ele disse. Acho mesmo que sei.

Não foi no café da manhã do hotel que ele compreendeu o que tinha acontecido. Henry havia tomado café da manhã um pouco tarde no dia anterior, e o hotel não oferecia jornais, apenas um monitor com notícias numa das salas onde o café era servido. Ele estava sentado com o texto da palestra na sala ao lado. Não havia percebido nada. Somente ao chegar na conferência ele notou que o dia era uma repetição, e que o dezenove não havia chegado. Não preciso dizer mais nada, ele disse.

Henry tinha trinta e sete anos quando tudo começou — quando, nas palavras dele, o dia emperrou. Ele não havia medido a passagem de tempo em anos, mas havia contado os dias. Não havia tentado criar estações nem se convencer de que um ano normal pudesse estar correndo por baixo ou ao lado — ou mesmo acima. Ou mesmo dentro. Não havia tentado se convencer de que o tempo era um recipiente. Havia simplesmente encarado os dias à medida que passavam, um longo túnel de dias.

Mas Henry disse que havia se transformado em outro. Quanto a isso ele tinha certeza. Um sentimento de que a consciência tinha sido reconstruída, de que uma trilha fora aberta, de que a neve fora limpa, de que os arbustos tinham sido podados ou de que um novo piso tinha sido assentado. E a aparência dele também havia mudado. Ele tinha deixado o cabelo crescer — naquele momento, usava um rabo de cavalo. Não era assim que usava o cabelo antes. Ele chamava o penteado de *coquinho*: simplesmente o enrolava duas ou três vezes e o prendia com um elástico.

Passamos um tempo sentados na mesa ao lado da janela no Café Möller e, enquanto falava, ele brincava com o elástico do cabelo. Essa não era a minha aparência antes, ele disse. Henry tinha voltado à Heinrich Heine Universität diversas vezes ao longo daqueles dias de novembro, mas depois de deixar o cabelo crescer era como se fosse um outro. Quando topava com um dos outros participantes, eles o cumprimentavam com um aceno de cabeça e uma sugestão de reconhecimento, mas estava claro que não sabiam de onde o conheciam. Henry devia ter mudado bastante.

Quando descobriu que o tempo havia parado ele passou a viver um dia de cada vez. Tomava banho pela manhã, fazia a barba, aquilo tinha passado a ser uma rotina. No hotel onde estava hospedado, os quartos só eram limpos e arrumados se o hóspede pendurasse um sinal na porta. Foi sorte, ele disse, pois de outra forma teria sido impossível contar os dias. Houve uma manhã em que ele contou os barbeadores descartáveis na lixeira do banheiro. Eram sete, mas um era do próprio dia número sete, então deviam ter se passado seis dias. Naquela manhã ele começou a contagem dos dias.

Só descobriu que os cabelos estavam crescendo no dia em que precisou cortá-los. Também não havia prestado atenção às unhas. Simplesmente as tinha cortado, sem lhes dar importância. Também tínhamos isso em comum.

Henry cortou o cabelo em um salão perto do hotel, e mais tarde, quando saiu de Düsseldorf, passou a visitar salões escolhidos ao acaso nos lugares por onde andava. Ele não gostava muito desses cortes, porque o lembravam de que o tempo passava. Toda vez que ia a um salão começava a pensar em quanto tempo havia se passado. E assim deixou que o cabelo crescesse e o tempo escorregasse aos poucos, sem interrupções bruscas. Naquele momento ele já estava acostumado. Acostumado a ser outro.

Em dois momentos eu havia perguntado sobre o trabalho dele, e nas duas vezes Henry tentou evitar a pergunta, mas naquele instante ele me explicou que de certa forma sua pesquisa era sobre isso: transformar-se em outro. Sobre a nossa relação com as mudanças repentinas na existência humana. Quebras repentinas. Ab-rupções existenciais, como ele as chamava.

Henry havia escrito um artigo sobre o assunto, caso eu desejasse ler. *Homo Abruptus — The sociology of identity ruptures.*

Segundo ele, essa era uma característica fundamental da condição humana. A capacidade de cortar relações com o passado e seguir numa direção totalmente nova. Reinventar a si mesmo. Nossa habilidade de adaptação altamente desenvolvida. Era essa habilidade que ele chamava de capacidade ab-ruptiva. Talvez fosse uma necessidade. Talvez isso pudesse explicar nosso sucesso como espécie. Henry encarava essa habilidade como um ativo na existência humana. Talvez fosse essa a própria essência da existência humana, segundo acreditava. Ou segundo tinha acreditado. Ele já não tinha certeza.

O resumo é esse, disse ele depois de citar uns exemplos. Eram coisas ligadas à capacidade humana de começar uma nova vida. Mudanças abruptas. Alterações radicais de rumo, mesmo quando isso significa queimar as pontes deixadas para trás. Esse tipo de coisa. Ele também havia escrito um livro, mas era em norueguês. Eu queria saber mais, porém ele não estava disposto a entrar em detalhes, pelo menos não naquele momento. Já fazia muito tempo desde a última vez que tinha falado para outra pessoa a respeito do trabalho que fazia. E com o passar do tempo veio a dúvida. A pesquisa naturalmente se amparava em outras teorias, disse Henry, e então mencionou dois ou três sociólogos com nomes que eu nunca tinha ouvido, e um que me lembrava de ter encontrado nos meus estudos. Ele tinha dado continuidade àquelas teorias e introduzido o conceito do *Homo Abruptus*. O título norueguês do livro de Henry era justamente *Det abrupte mennesket.* Eu disse que soava muito bem quando dito em norueguês. Já ele não tinha muita certeza. Tinha ficado em dúvida em relação ao título, e não aguentava se ouvir falando sobre o assunto. Não aguentava mais o tom didático.

Mas talvez estivesse disposto a me explicar melhor em outra ocasião, disse ele, sem comentar aquilo que nós dois estávamos pensando: que nos restavam muitas conversas, que aquilo podia continuar, que não seriam apenas dois ou três dias, mas um tempo bem mais longo, e assim poderíamos retomar a conversa quantas vezes quiséssemos. Nossas conversas não envolviam nenhuma pressa. Era um mundo que tinha se aberto, mas nem tudo era alegria, de certa forma estávamos presos um ao outro, havia uma promessa de outras conversas, porém isso não era tudo. Havia também um elemento perturbador na ideia de estar preso a uma pessoa aleatória. Não era apenas a consciência de ter um companheiro de viagem. Era também a sensação de ter recebido parte da responsabilidade de cuidar da bagagem dessa outra pessoa.

Sobre o dezoito de novembro Henry falava com gosto. Detalhou como a princípio tinha imaginado que aquilo era uma espécie de sonho. Como tentou reagir como se nada fosse real. Ou quase nada. Como se tudo fosse simplesmente desaparecer se pensasse em outra coisa.

Nos primeiros dias ele foi à conferência e se comportou como se aquele fosse mesmo o primeiro e único dezoito de novembro. Nos seguintes, ficou no hotel. Tinha passado a encarar os dias como um ganho inesperado. Horas que podiam ser usadas para tarefas que haviam ficado para trás. Correções num artigo, feedback para alunos, e-mails que tinha esquecido de responder, coisas que havia organizado e despachado na crença de que seria possível pôr em ordem tudo aquilo que havia deixado de fazer. Henry tinha passado esse tempo na bolha de trabalho e sentido como se houvesse ganhado um tempo extra. Ele demorou tanto para compreender o que tinha acontecido que no início sentia-se aliviado ao ver que o calendário continuava a indicar dezoito de novembro no alto da tela do computador. Por muito tempo ele havia sentido que os dias e as tarefas diárias eram uma longa composição de vagões que não paravam de vir em sua direção. Por anos havia se sentido dessa forma. Assim que um dos vagões passava, o próximo já estava chegando. E quando a composição inteira passava, uma nova locomotiva com o mesmo número de vagões tornava a surgir no horizonte. Dias com novas tarefas e novos projetos que ele devia organizar e dos quais devia participar: uma conferência, um manuscrito a ser terminado, uma ementa de disciplina a ser preparada, pedidos de financiamento externo que precisavam ser discutidos com os colegas, revisões por pares, leitura de trabalhos escritos pelos alunos, uma nova conferência e naturalmente uma atualização de currículo: artigos listados nos lugares corretos, pequenos projetos que causam uma boa impressão mas não exigem muito tempo e eventos com pesquisadores dos quais ele próprio gostaria de receber um convite. E além disso havia também as mudanças nos planos de ensino, disputas no colegiado, cochichos pelos corredores, um comitê de avaliação que o colocava em um pequeno dilema, um pronunciamento que exigia certa diplomacia, pequenas divergências e uma torrente constante de e-mails e lembretes de prazos com vencimento próximo.

Fiquei exausta só de ouvir a descrição interminável, a respeito da qual ele naturalmente discorreu por um bom tempo. Tive a impressão de que a reação dele à parada do tempo era mais estranha do que a minha. As obrigações profissionais, o jargão universitário e as reações automáticas me pareceram mais bizarras do que passar os dias sentada escutando o meu amado preparar chá, subir a escada, abrir as portas, fazer xixi e ouvir música, porém logo Henry Dale também notou que aquele ímpeto trabalhador era desprovido de sentido. Ele tinha preparado comentários acerca do novo plano de ensino no instituto onde trabalhava, anexado esses comentários a um e-mail e enviado tudo para a secretaria. Tinha sentido alívio ao lançar aquelas palavras no mundo, porém no dia seguinte acrescentou mais dois ou três comentários, que foram prontamente enviados com uma observação sobre o e-mail enviado anteriormente, porém logo ele recebeu uma resposta segundo a qual o e-mail anterior não fora recebido. Esse e-mail havia sumido ao longo da noite, e ele não conseguiu encontrá-lo na pasta de arquivos. O mundo tinha voltado às configurações de fábrica, ele disse. Por sorte o mesmo acontecia com a conta bancária. Ao fim de poucos dias o telefone parou de funcionar: a princípio ele não conseguia mais fazer ligações, mas no fim parou por completo. O computador continuava funcionando, mas tudo o que ele fazia desaparecia. Henry continuava a poder usá-lo, mas tudo mantinha sempre o aspecto que tinha no dezoito de novembro pela manhã, e por fim ele compreendeu — aos poucos, segundo me parece — que nada daquilo que fazia deixava qualquer tipo de rastro. Não havia correções, não havia e-mails, não havia provas, não havia comentários. Tudo havia sumido. Sumido em um enorme nada digital. Era o que ele devia ter dito a si mesmo, mas não disse. Simplesmente continuou sua rotina de trabalho como um robô. Era ridículo, e ele se sentia motivo de chacota.

Mas acho que Henry exagerou quando a seguir descreveu como nos dias seguintes o sentimento de chacota ficou ainda mais intenso. Segundo afirmou, esse desaparecimento digital tinha um paralelo perfeito com o mundo em que vivia antes. Havia lhe ocorrido que daria na mesma se o tempo não houvesse emperrado ou parado ou começado a se repetir, ou o que quer que fosse aquilo. Tudo desapareceria da mesma forma. Simplesmente levaria mais tempo. Ou pelo menos quase tudo. A maior parte das coisas que ele havia feito não fazia sentido.

A princípio não entendi muito bem o que Henry queria dizer, mas na opinião dele a maior parte do trabalho consistia em fazer coisas que mais cedo ou mais tarde acabariam na lixeira. Planos de ensino que não fariam grande diferença, que de qualquer forma sofreriam novas alterações em um ou dois anos e que em teoria podiam ser pulados. Comentários em artigos que não se tornariam melhores em razão do feedback, mas continuariam medíocres e seriam impressos e esquecidos sem fazer diferença nenhuma, a não ser na extensão do currículo do autor, o que também não significava nada, pois todos os outros faziam o mesmo para que os currículos deles também se tornassem mais extensos. Avaliações que não faziam nenhum sentido, e avaliações dos métodos avaliativos que tampouco resultavam em qualquer tipo de mudança. Sistemas de controle que tinham por único objetivo levar os alunos a terminar os estudos mais depressa ou levar os pesquisadores a produzir mais artigos. Pesquisadores que, em nome da produção acadêmica, fragmentavam ideias em tantas partes que a noção de todo simplesmente desaparecia. Alunos que tinham por único objetivo entrar naquele sistema para terminar o quanto antes e sair do outro lado. Que não dispunham de tempo para ler nada além do livro usado na disciplina, e que não faziam nada com as leituras além de juntar os fragmentos que pudessem auxiliá-los nas provas e esquecê-los em seguida. Um conhecimento vago que nunca se fixava, conforme ele disse. Tudo o que ele fazia, segundo afirmou, era desprovido de objetivo e desapareceria sem deixar rastros. Partes cada vez maiores da existência pareciam ser os preparativos para o momento em que tudo seria apagado. O desaparecimento no nada digital, que ele descobriu ao fim de poucos dias, era muito parecido com a existência pré-dezoito de novembro.

De muitas formas, a repetição do dezoito de novembro tinha sido uma libertação. Um dia que não prometia futuro, progresso nem avanço. O dezoito de novembro ao menos era sincero, ele disse. Um dia que põe tudo em pratos limpos.

Na minha opinião essa diferença é grande. Se os dias tivessem continuado a passar, eu teria voltado para Thomas no dezenove de novembro, e haveria inverno e primavera e verão e outono, diversas vezes. Nosso damasqueiro recém-plantado teria crescido, e talvez já tivéssemos colhido damascos. A roseira plantada pelo avô de Thomas teria crescido vários metros. Talvez tivessem desabrochado flores de pétalas brancas e rosicler. Teríamos cultivado o jardim do velho Selter e estaríamos planejando o que fazer na primavera. O arbusto de marmelo teria começado a dar frutos, a macieira teria dado uma enorme quantidade de maçãs, os pássaros da árvore talvez estivessem com filhotes, ninhada após ninhada. Talvez enfim houvéssemos lembrado de semear couve-flor durante o outono. Teríamos deixado coisas no mundo. Talvez tivéssemos um filho. Com o segundo a caminho, quem sabe? Não era o mesmo que várias repetições do dezoito de novembro, na minha opinião.

Mas vocês poderiam ter se separado. Ou morrido, disse Henry. A macieira poderia ter sido derrubada por uma tempestade. Não teria sobrado nada. Nada de filhos, nada de casamento, nada de maçãs. Pode ser, respondi, mas não me importei com esse comentário. Além do mais, eu preferia ser um hamster que corria na roda, plantando alho-poró e acelga, mesmo que não servisse para nada, a ser um monstro preso num único dia que devorava o mundo pouco a pouco, eu disse, e então comecei a falar sobre a minha descoberta relativa aos alhos-porós que sumiam do canteiro, às prateleiras vazias, ao estrago que eu fazia. Por acaso era melhor?

Henry insistiu. Não porque fosse pessimista. Muito pelo contrário. Estávamos vivos. Aquilo não era nada. Mas esse tipo de coisa acontece. As pessoas têm filhos, se divorciam, sofrem com perdas e morrem. Esse tipo de coisa acontece, ele repetiu. É preciso aceitar as perdas. É preciso suportar as catástrofes.

Henry já havia me dito que tinha um filho de cinco anos e uma ex-mulher que se mudou para os Estados Unidos com o filho e o novo namorado, mas não dei muita importância à conversa sobre infelicidade, perdas, divórcio e morte como parte da existência humana, e assim voltei ao dezoito de novembro. Continuava a achar que a reação dele era bem mais bizarra do que a minha.

Quando descobriu a falta de sentido no que fazia, Henry passou a ler coisas que não tivera tempo de ler, mas continuou na bolha do trabalho. Artigos de colegas. Obras que havia referenciado sem ler. Coisas que lançavam dúvidas sobre as conclusões dele. Obras mais antigas que devia ter lido muito tempo antes. Explicações alternativas, argumentos contrários, teses contrárias. Relatos antigos sobre transformações repentinas, conversões, metamorfoses. Esse tipo de coisa.

Henry tinha descoberto que muito daquilo que lera antes não havia permanecido na memória. Tudo era dividido entre coisas que ele usaria para um fim determinado no trabalho e coisas que não tinham utilidade. E ele se esquecia de tudo assim que terminava de escrever o artigo ou apresentar a palestra ou lecionar a disciplina sobre o tema em questão, ou qualquer que fosse a utilidade daquilo. Naquele momento ele havia começado a pensar outra vez. Havia começado a gravar as informações, mesmo aquelas que não teriam uso imediato. Havia começado a olhar ao redor sem saber o que fazer com as coisas que via. Com as inúmeras partes imprestáveis do mundo. Como o cascalho na consciência. A velocidade reduzida. Naquele momento havia ruídos quando ele caminhava em seus pensamentos. Antes, tudo era silêncio e escuridão. Ele tinha sido uma coruja. Silencioso e eficiente, sem no entanto prestar atenção a nada que não fosse a presa.

"A meio caminho da minha vida, encontrei-me numa selva escura", ele disse. Foi como se de repente tivesse encontrado a si mesmo quando os dias pararam. Ele voltou a ouvir os passos no escuro.

Disse que devia estar estressado. Ou então no meio de uma crise. O que não era muito surpreendente, na opinião dele.

E assim Henry tinha começado a pensar que ou o estresse ou a crise devia ser responsável por jogá-lo para fora do tempo.

A mim tudo soava estranho. Viver num loop temporal por causa de uma crise? Ou do estresse? Respondi que eu não acreditava existir um motivo para que o dezoito de novembro se repetisse. Eu, pelo menos, não estava estressada. Nem a meio caminho da minha vida. Nem em crise. Nada disso.

Falei sobre as minhas investigações. Tanto as que fiz sozinha como aquelas que fiz com Thomas. Disse que eu tinha pensado sobre tudo. Qualquer coisa podia ter causado aquele loop em novembro: uma queimadura ou uma moeda antiga, um livro que eu tivesse na mão, uma gaivota que houvesse levantado voo em Bordeaux, um buraco no espaço-tempo surgido no trem de alta velocidade rumo a Paris — qualquer coisa. Podia ter sido o meu amor por Thomas, podia ter sido a tensão entre Philip e Marie quando eu estava na loja sentada entre os dois. As possibilidades eram infinitas. E podia ser também estresse ou uma crise, para quem acreditasse nesse tipo de coisa. Mas eu não acreditava em explicações simples. Era possível encontrar motivo atrás de motivo, mas talvez não houvesse um acontecimento definido nem uma série de razões definidas. Era simplesmente uma coisa que tinha acontecido.

Henry D. entendeu que as explicações dele eram tão insuficientes quanto as minhas. Estávamos caminhando sobre gelo fino, e nós dois sabíamos que nossas vivências eram diferentes, nossas explicações eram diferentes e nossas reações eram diferentes. Mas tínhamos acabado juntos no mesmo loop.

Ele tinha visitado o filho. Tinha viajado quatro vezes aos Estados Unidos. Principalmente no início. Quando se acostumou à ideia de estar preso no dezoito de novembro, certa manhã Henry pegou um voo rumo a Frankfurt. Pousou em Nova Jersey, passou a noite em um hotel nos arredores do aeroporto e na manhã seguinte pegou mais um voo rumo a Syracuse, no estado de

Nova York. Lá, alugou um carro e foi dirigindo até Ithaca, onde o filho dele morava com a mãe. Henry tinha se instalado na cidade, a princípio num hotel, depois em um quarto vago numa casa. Disse que um dia podia me levar até lá. O quarto era grande o bastante para dois. Tinha uma varanda que dava para o pátio e poucos móveis, e além disso as janelas eram decoradas na parte superior com vitrais. Ele disse que eu gostaria daquilo. Eu já tinha falado sobre os mosaicos de Colônia e os vitrais romanos nos mostruários dos museus, translúcidos e repletos de novembro. Deve ter sido esse o motivo do comentário.

Henry insistiu em contar tudo com inúmeros detalhes. Descreveu o padrão e o jogo de cores no vidro, ou pelo menos tentou, e eu mais uma vez respondi com detalhes. E assim ficamos lá, com dois conjuntos de luzes, cores e sensações, tentando pôr tudo aquilo num espaço compartilhado.

O tempo em Ithaca estava meio estranho. As árvores tinham uma tonalidade alaranjada e folhas amarelas estavam no chão, porém o inverno parecia estar no ar. Um sopro gelado. Como se fosse outono nas coisas e inverno no espaço entre as coisas, disse Henry. Ele também imaginou que eu gostaria daquilo. Não perdia a chance de explorar as duplicidades. A duplicidade das estações, mas também da alternância entre sistemas e medidas diferentes. O tempo inteiro ele precisava fazer cálculos. Essa necessidade o mantinha centrado. Ele havia gostado de pensar em *ounces* e *pounds*, *inches* e *feet*. Sentira-se bem separando o dia em a.m. e p.m., como se fosse composto por dois conjuntos de horas distintos. E tirou proveito das contas duplicadas. Parecia natural ter duas realidades paralelas, e as repetições do dezoito de novembro pareciam menos notáveis quando todo o restante exigia cálculos, raciocínios e movimentos paralelos. Henry sentia-se em casa quando o sol atravessava as vidraças: cores através da parte superior e uma clareza quase intocada através da inferior.

Esses dias tinham sido repletos de duplicidade, não como uma cisão, mas como uma multiplicação, e logo ele se achou naquilo tudo. Mesmo o desequilíbrio na guarda do filho passou a ser tolerável, ele disse, ainda que não tivesse sido fácil.

Ele ligou para a mãe do filho no dia seguinte à chegada em Ithaca. Ela se mostrou irritada com aquela interrupção nas atividades diárias. Ele disse que tinha enviado um e-mail que ela provavelmente não tinha recebido. Sugeriu que conferisse a caixa de spam, talvez o e-mail tivesse parado lá, porém mesmo sem fazer essa busca ela concordou em deixá-lo ver o filho durante a tarde. Ela disse que preferia combinar um dia no meio da semana, mas ele respondeu que seria justo ver o menino naquele mesmo dia se o culpado de tudo era o filtro de spam.

Às duas horas Henry foi buscar o filho na escola de educação infantil. Era uma escola de elite, segundo ele disse. Com controle de frequência. Somente após as duas da tarde o filho estaria livre. A escola tinha um projeto do qual ele participava: gramática para alunos bilíngues.

Eu disse que gostaria de ter participado de um projeto de gramática para pessoas bilíngues. Mas foi um comentário infeliz, e logo trocamos de assunto.

Henry e o filho passaram a tarde juntos, e à noite ele tinha convidado a ex-mulher e o novo namorado dela para que todos fossem jantar na cidade. Eles não perceberam que ele estava mudado. Mas foi antes que deixasse o cabelo crescer, Henry disse enquanto ajeitava o elástico no rabo de cavalo. O gesto deixava claro que ele ainda não tinha se acostumado com aquilo. Com o fato de que era um outro, como havia dito, mas assim mesmo tinha certa preocupação com o outro. Com o fato de que o tempo inteiro precisava mencionar esse outro quando falava a respeito do anterior.

Quase todos os dias Henry passava a tarde com o filho. Ele tinha comprado um carro e fazia passeios pela região. Sozinho ou na companhia do filho. Nos primeiros dias ele havia dormido no carro, mas logo o carro passou a ficar estacionado na frente da casa.

Henry D. passou muito tempo nos Estados Unidos. Encontrou um ritmo por lá. Via de regra, ligava pela manhã e combinava de pegar o filho às duas horas na escola. Por fim ele voltou para a Europa. Para a Alemanha e a Noruega, e às vezes para o sul da Europa, quando se aborrecia com o outono. Em Oslo, passava os dias na universidade ou no apartamento localizado no centro. Às vezes visitava a família ou amigos em outras partes do país: já tinha visitado a mãe num vilarejo a poucas horas de Oslo, amigos com os quais havia perdido o contato e parentes num pequeno vilarejo mais ao norte. Tinha pegado o trem para Bergen, o mesmo trem que eu havia pegado no fim do meu inverno, porém não o trem do mesmo horário, porque o dele não sofreu nenhum atraso. Um clássico, ele disse. Todos os turistas pegam aquele trem. Henry encarava as minhas estações como turismo. Um simples turismo reverso. Eu queria encontrar o ritmo inevitável das estações, mesmo que a maioria das pessoas tente evitar a estação da qual não gostam porque a acham fria demais, úmida demais ou cinza demais. Dei razão para ele. Era ridículo.

Mais tarde Henry D. voltou aos Estados Unidos, se mudou para o quarto vago e passou a ligar para a mãe do filho, não todos os dias, mas com frequência, para convencê-la a deixar que ele buscasse o filho na escola e passasse umas horas na companhia do menino, que no dia seguinte já havia se esquecido de ter visto o pai no dia anterior.

Dava para ouvir a saudade naquela voz. Dava para ouvir que aquelas poucas horas na companhia do filho eram um curativo pequeno demais para uma ferida grande demais. Perguntei por que ele não tinha se mudado também. Henry perguntou o que eu queria dizer. Eu queria dizer por que ele não tinha ido aos

Estados Unidos para ficar já na primeira vez. Se mudado com a ex-mulher e o filho. Ele não podia ter ido morar nos Estados Unidos também? Como seria possível abrir mão do próprio filho?

Ele não achava que tinha aberto mão do menino. Simplesmente estava preso a circunstâncias sobre as quais não tinha poder nenhum. Circunstâncias que não poderia alterar, por mais que desejasse. Eu disse que não entendia. Ele disse que eu entendia muito bem. Não sei o que me levou a repisar o assunto, porque não costumo ser teimosa. Mas insisti. Ele poderia ter ido junto. Comprado um bilhete no último vagão. Deixado que os outros decidissem o rumo. A velocidade. E simplesmente ido atrás. Viajado no banco traseiro.

Você acha mesmo isso? Henry queria entender se eu estava falando sério. Não, eu disse, mas também não havia como simplesmente ficar para trás. Talvez fosse melhor do que continuar a viver na bolha de trabalho e ser atropelado por vagão após vagão. Henry não concordou comigo. Por acaso eu achava que o certo a fazer enquanto ele se afogava seria agarrar-se a uma criança? Cada um deveria ser a própria locomotiva, ele disse, enquanto eu tentava imaginar uma locomotiva prestes a se afogar. Ele disse que era preciso aceitar as perdas. Suportar as catástrofes. Eu disse que ele já tinha dito aquilo.

E o que você fez quando não conseguiu reaver Thomas? Você se manteve ao lado dele, mas de que adiantou? Quanto tempo você o espionou? Muito tempo, mas no fim você não ficou lá. Nesse ponto felizmente a conversa foi interrompida por um barulho da rua.

Foi no meio da tarde, e tínhamos conversado por horas no Café Möller. Não sei por que insisti em dizer que ele devia ter ficado ao lado do filho. Talvez eu simplesmente quisesse descobrir se Henry pensava em ir embora mais uma vez, ou se ficaria por aqui.

Ele disse que pensava em ficar quando fiz a pergunta horas depois. Mas com certeza voltaria a Ithaca. Por uma temporada, disse, estendendo um horizonte de tempo à nossa frente, um tempo curto ou longo, com períodos e intervalos que não pude imaginar muito bem. Por ora ele vai continuar aqui, e ainda que saia tem planos de voltar. Pelo menos foi o que disse. Henry achava que eu acabaria voltando para Thomas mais cedo ou mais tarde. Não tenho certeza.

O que interrompeu nossa conversa foi o barulho feito por um grupo de torcedores de futebol que passou em frente ao café, sem dúvida a caminho da partida. Assim que passaram, usando as cores do time da casa e brandindo latas de cerveja nas mãos, notei que um dos passantes se parecia com o meu ladrão na bicicleta. Me levantei, mas antes que eu pudesse chegar até a porta o grupo já havia passado. Na retaguarda, ainda pude ver uma pessoa que se parecia com o meu ladrão na bicicleta, e por um instante me senti disposta a segui-lo, porém logo abandonei a ideia. Expliquei a situação para Henry, mas ele não achou que faria sentido ir atrás do ladrão. Devia haver muitos parecidos com ele. Eu disse que ele tinha razão. Aquilo não importava, nada tinha acontecido, eu disse, e então contei em detalhes toda a história que eu já tinha contado de forma resumida: o barulho da bicicleta sacolejante, o puxão na bolsa, que por pouco não me derrubou, e o reaparecimento misterioso da bolsa no dia seguinte. Também falei sobre a minha ida até a Wiesenweg, onde imaginei ter reencontrado o ladrão, mas por que seria justamente aquele o meu ladrão na bicicleta, quando tantos se pareciam com ele? Eu havia recuperado a minha bolsa, então nada mais importava.

Perguntei se Henry D. tinha assistido à partida. Ele disse que não acompanhava futebol. Respondi que eu também não, mas aqueles torcedores tinham sido os meus primeiros amigos no dezoito de novembro, se eu não contasse Jeanette na Noruega. E o motorista de caminhão, talvez.

Ele disse que era um grupo estranho de amigos. Torcedores bêbados, motoristas incautos e caminhoneiros que serviam *lammerull*. Mas eu tinha ficado satisfeita. Ele disse *genügsam* e precisou traduzir para o inglês, porque eu não tinha certeza de haver entendido. As pessoas se dão por satisfeitas com pouco, ele disse. Hesitei antes de responder, porque não via nada de errado com os meus amigos nem com a ideia de beber uma cerveja no meio da multidão ou dividir um lanche. Minha taxista norueguesa talvez houvesse dirigido de maneira um pouco imprudente, mas eu tinha certeza de que não havia posto as nossas vidas em risco de propósito.

É, eu me dei por satisfeita, respondi. Não sei dizer se Henry levou a resposta para o lado pessoal.

#1195

Fazemos perguntas um ao outro. Trocamos experiências. Analisamos, espelhamos e comparamos nossas vivências no dezoito de novembro. Conversamos sobre a imprevisibilidade das coisas, a passagem da noite, nossa admiração e nossas pequenas batalhas contra os fenômenos do dezoito de novembro.

Refletimos sobre a imprevisibilidade dos telefones. Toda vez que chegava aos Estados Unidos Henry comprava um telefone novo para falar com a mãe de seu filho. O telefone continuava funcionando por um tempo razoável se ele o usasse com frequência e o mantivesse perto de si. Via de regra, quando ele se esquecia de manter o telefone em uso, o aparelho morria, e então precisava ser trazido de volta à vida. Sempre era uma coisa diferente que dava errado: um chip que precisava ser trocado, uma bateria que estragava ou ainda outra coisa. Quando o problema não era identificado, Henry comprava um telefone novo, ou melhor, um outro telefone usado, segundo me explicou, porque havia notado que os telefones usados funcionavam por mais tempo antes de parar.

Já fazia bastante tempo desde a última vez que ele tinha mantido um telefone. Já fazia bastante tempo desde a última vez que tinha visitado o filho. Já fazia bastante tempo desde a última vez que tinha precisado fazer uma ligação, mas de toda forma Henry agora comprou um telefone numa das lojas atrás do parque, e eu encontrei o telefone que havia comprado antes da mudança para o apartamento e voltei a usá-lo. Mantemos as linhas em funcionamento. No início, íamos cada um para um lado do apartamento e ligávamos um para o outro a fim de garantir que os telefones continuassem funcionando. Como duas crianças que brincam. Arranjei um companheiro de brincadeiras. Também mandei fazer cópia das chaves do apartamento em um chaveiro na cidade, e expliquei para Henry as idas e vindas dos meus senhorios. Levei-o para dar uma volta pelo quarteirão, e também o levei para dar voltas pelo mundo dos romanos, atrás dos muros, no interior dos recipientes, rumo a todos os outros povos. Insisto em falar sobre cidades e construções, roupas e sapatos, cloacas e dejetos. Falo sobre antigos naufrágios cheios de cobre e estanho, sobre ânforas e vasos encontrados no fundo do oceano, estátuas e instrumentos para medir o clima e calcular o movimento dos planetas. Tudo isso veio da história. Coisas que atravessam o tempo, são escavadas pela terra e buscadas pelo mar. Destroços trazidos pelo redemoinho da história.

Navego por esses redemoinhos. Ainda não os deixei, mas agora Henry D. está a bordo comigo, trabalhando na cozinha do navio, segundo diz. Ele prepara comida com restos encontrados nos mercados, deixou-se levar pelos restos, que então corta e fatia enquanto eu faço minhas pescarias no mar da história.

Henry diz que entende o meu interesse pelos romanos. Que não é estranho que tenham sido os romanos a nos aproximar. Com uma ajudinha do acaso, claro. Nós dois acabamos nas margens do Reno. Na fronteira do Império Romano. Nós dois havíamos perdido o futuro que estava à nossa frente, o dezenove e o vinte e todas as semanas e todos os meses que nos aguardavam em nossas expectativas sobre o futuro, e que no entanto pouco a pouco foram apagados. Não parecia estranho que nos voltássemos em direção ao passado. O próprio Henry também havia feito isso, ainda que não de início. Mas, depois de assistir à palestra sobre os romanos e se inteirar a respeito das linhas de fornecimento, de importação e exportação e do trabalho realizado para obter as matérias-primas necessárias a todas as expansões e demais projetos, Henry compreendeu nossa proximidade com os romanos. Na verdade, tinha achado tudo muito esclarecedor.

Não sei o que havia de esclarecedor naquilo, mas a opinião dele era que qualquer pessoa que olhasse ao redor deveria se interessar pelos romanos — ou ao menos pela queda do Império Romano. Pois quem teria dúvida de que vivemos numa época similar? De que somos romanos a caminho da catástrofe? De que a desintegração está ocorrendo neste exato instante? De que vivemos num mundo que não pode se manter por muito tempo? Não que ele não houvesse pensado nessas coisas antes do dezoito de novembro. Mas, quando se vive um mesmo dia repetidas vezes, não resta dúvida nenhuma, disse Henry.

Na opinião dele, era isso o que eu tinha entendido. E o que qualquer pessoa que olhasse ao redor com a devida atenção também entenderia. Claro que não tínhamos simplesmente parado. Tínhamos sido parados, mas isso tornava tudo ainda mais claro. Ao passar todo esse tempo num mesmo dia, você enxerga todas as frestas. Não há mais lugares onde se esconder. Estamos parados num tempo que começa a rachar. Uma Europa em queda livre. Os últimos dias do Ocidente.

Quem poderia estranhar a vontade de acompanhar os passos dos romanos? A vontade de saber o que provocou a queda dos romanos?

Olhe ao redor, disse Henry. Tudo está desmoronando. Esse tipo de coisa acontece. Era muito claro que ele falava sério. Nós dois estávamos no meio de um colapso, e ele tinha entendido a mecânica por trás das minhas investigações romanas. Se ocupar com os romanos era uma forma totalmente natural de lidar com o fato de que estávamos dando adeus ao Ocidente. *Goodbye*, *auf Wiedersehen*, *ciao*, *adieu*. *Buona sera*, Ocidente.

Eu disse que talvez a mesma afirmação pudesse ser feita em relação a outros reinos e outras potências desaparecidas. Todos haviam surgido, prosperado e se desmantelado. Por que a vontade de estudar justamente os romanos? Também faria sentido estudar qualquer outro reino. Afinal, sociedades entram em colapso o tempo inteiro, eu disse. Sempre tinha sido assim. Talvez agora fosse a nossa vez. Talvez ele tivesse razão. Talvez o nosso mundo ainda fosse um desses mundos que se desfazem e somem de repente ou pouco a pouco, uma dessas sociedades que são atacadas por dentro ou por fora ou se misturam a outras, e mais cedo ou mais tarde uma coisa some e outra coisa aparece, regiões ganham nomes novos e construções de arquitetura diferente, outras plantas nascem nos campos e por fim a comida no prato é outra.

Estávamos sentados na cozinha. Quer dizer, eu estava sentada. Henry estava de pé junto ao balcão da pia. Ele tinha encontrado dois funchos tristes no supermercado e achou que já estavam passados o bastante para serem considerados descarte, mas ainda frescos o bastante para que estivessem comestíveis, e naquele momento os cortava em lâminas finas. Tinha colocado o arroz para cozinhar numa panela em fogo brando e estava convencido de que o meu interesse por história deveria ter a mesma origem que o dele.

Eu não estava muito convencida. Já tinha me interessado pelos romanos, porém nunca havia me interessado por história, disse. Revoluções políticas. Colapso de grandes potências. Não me interessava por revoltas e disputas de poder. Simplesmente procurava contextos e explicações, causas e consequências, os movimentos do poder, as flutuações da história. Nunca tinha me interessado por mecânicas históricas relativas a padrões de progresso e necessidade, períodos e ondas, ascensão e queda. Eu me interessava pela estagnação dos romanos, mas não era a mesma coisa, eu disse.

Para mim, sempre tinham sido as coisas. Os objetos. Os materiais. Eu me interessava por aquilo que existia. Por aquilo que tinha atravessado gerações. Eu não entendia por quê, mas desde sempre tinha sido assim, disse. Ou pelo menos era no que eu acreditava.

Antes do dezoito de novembro eram os livros. Depois vieram as coisas dos romanos. Eu tinha entrado e saído de portas romanas, porém o que me interessava eram as portas. Os resquícios de uma maçaneta, uma dobradiça. Fragmentos de metal. Vidro. Pedra. Cimento. Um pão carbonizado. Um pedaço de sapato. Depois de correr de um lado para o outro eu continuava a me interessar apenas por essas coisas que haviam ficado pelo caminho da história.

Mas continuei a correr. Em todas as direções. Rumo aos antecessores e aos sucessores dos romanos. E lá estavam novamente as coisas. Objetos, joias, relíquias. Eu disse que ele podia chamar como bem entendesse quando tentou entender a que tipo de coisa eu me referia. Coisas que acabam enterradas quando a história passa. Objetos pescados pelo mar. Não apenas os objetos dos romanos. Havia restos de grãos carbonizados e um pouco de óleo no fundo de uma panela numa cidade que já não tinha nome. Havia tabletes de argila fresca e a cesta onde eram carregados. Havia os restos do forno onde deviam ter sido queimados. O umbral de uma porta. Uma presilha de cabelo antiga num lugar onde havia romanos. Era isso o que tinha acontecido. Eu tinha acabado no grande recipiente da história. Um recipiente cheio de coisas. Não eram histórias do passado. Era o passado quando se libertava, atravessava os séculos e aterrissava aos nossos pés. Se eu começasse a me preocupar com inícios e fins, intrigas e grandes empresas, causas e consequências, vencedores e perdedores, eu me chocaria contra a borda e não conseguiria ir adiante. Eu me interessava por sapatos, por navios e pela cera usada para selar correspondências. Por construções, janelas altas que davam para a estrada. Eu não me interessava pelo resultado da guerra, mas pelos botões nos uniformes dos soldados. Eu já tinha viajado pela história e observado as batalhas, mas o tempo inteiro eu parava ao lado de um pão, uma construção, um copo.

Pude ver pela reação de Henry que ele não entendeu direito o rumo que a conversa estava tomando. Eu também não entendi, mas assim mesmo continuei, enquanto Henry tentava decidir se arroz e funcho eram suficientes para uma refeição ou se ainda faltava mais alguma coisa. Eu disse que estava bem assim. A meu ver não faltava nada.

Mas eu achava que aquilo era a história, eu disse. E que tinha sido isso o que aconteceu quando o sestércio me levou aos romanos: um interesse repentino por história. Mas não. Não foram as circunstâncias históricas nem os registros históricos e as relações que estabelecem entre si. Por estranho que pareça.

Henry terminou de cortar o funcho. Ele tinha desligado o fogão e retirado dois pratos do armário. Naquele momento sentou-se à mesa enquanto aguardava o arroz, que terminava de cozinhar.

Henry não achou estranho que eu não me interessasse por história. A história nunca se interessou por você, ele disse. Essa é uma alegação estranha, eu disse, mas ele estava falando sério:

por que eu haveria de me interessar por história? A história sempre tinha sido escrita por homens, para homens, sobre o mundo dos homens. Eram reis, imperadores e líderes de exércitos, as façanhas que haviam realizado e os erros que haviam cometido. As decisões tomadas e as ações executadas por homens, as consequências e as justificativas dessas ações. As leis da história e o espírito das leis e o progresso do espírito. Esse tipo de coisa. Ele podia muito bem entender que nada disso despertaria o meu interesse. As mulheres sempre tinham sido mantidas em segundo plano, em carruagens fechadas, em liteiras, no interior de uma torre, num assento lateral, na copa e na cozinha, onde preparavam comida para a revolução. Por que eu me interessaria pela história? Perguntei se ele acreditava mesmo nessa explicação. Henry tinha se levantado e pegado facas e garfos na gaveta enquanto eu tirava os meus livros de cima da mesa e pegava dois copos e uma jarra de água. Ele hesitou. Pôs uma frigideira no fogo e começou a grelhar o funcho.

Por acaso ele achava que a minha relação com a história podia ser explicada pelo fato de que eu era mulher? À la *his*tory e *her*story? Uma história das mulheres ainda meio às escuras? Como se a história fosse a história da força e dos homens? Como se tudo dissesse respeito a grandes batalhas e grandes decisões? Como se eu não me interessasse por história porque a história não era sobre mim? Ou porque o meu lugar fosse um mundo feminino qualquer?

Henry disse que não achava nada disso, mas assim mesmo acreditava que eu devia me sentir fora da escrita histórica, uma vez que a história nunca tinha sido escrita para mulheres, por mulheres ou a respeito da vida das mulheres. Uma vez que não haviam escrito histórias nem mesmo sobre as mulheres que tinham mudado o curso do mundo. Ou então as haviam escrito à guisa de apêndice, como se as mulheres fossem passageiras de última hora, que apareceram quando o trem já estava partindo.

Mas, se Henry tivesse razão, eu devia me interessar por coisas de mulher, ou pelo menos era assim que eu pensava. Se eu me interessava pela história das mulheres, ele devia pensar, devia também me interessar por coisas de mulher. Por acaso ele achava que o meu interesse pelas coisas estaria restrito a presilhas de cabelo e panelas?

Henry tentou mais uma vez. Ele simplesmente queria dizer que entendia o meu ceticismo. Eu disse que não conseguia entender o entendimento dele. Claro que não era verdade, eu entendia perfeitamente o que ele queria dizer, mas assim mesmo insisti. Por que mundo das mulheres eu devia me interessar? Por acaso um naufrágio da Idade do Bronze descoberto na costa da Turquia seria mais a história dele do que a minha? Por acaso mil libras de cobre e cem libras de estanho, que seriam usadas em navios e armas e machados, seriam a verdadeira história, para além da qual umas poucas libras também seriam entregues às mulheres? Para fazer presilhas de cabelo e um apoio para a panela de sopa?

Além do mais, em que situação as coisas eram deixadas para a história das mulheres? Seria quando o navio chegasse ao porto com as matérias-primas e os metais, quando os metais fossem transportados e trabalhados e de fato surgisse uma presilha de cabelo que a minha história começava? Por acaso as matérias-primas pertenciam à história dos homens? E será que ele acreditava mesmo que havia duas histórias, uma com guerras e leis, com ideias e decisões políticas, com grandes façanhas e armas e navios e machados e lâminas de barbear, e outra com presilhas de cabelo e apetrechos de cozinha, com partos e choro de crianças recém-nascidas e quem sabe um tear no canto?

Não sei por que insisti, porque não costumo teimar desse jeito, embora às vezes aconteça, até que de repente percebi: lá estávamos nós, duas pessoas sozinhas num barco em alto-mar, a caminho não sei de onde, quando de repente Henry apareceu com uma serra, disposto a serrar nosso barco em pedaços. Eu disse imaginar que estávamos no mesmo barco, e que naquele momento ele havia começado a serrá-lo, mas Henry não deve ter prestado muita atenção, e na verdade também não estava serrando nada, estava apenas com uma panela de arroz cozido e funcho na mão, servindo a refeição quente em dois pratos, que então trouxe até a mesa, porém assim mesmo eu continuei.

Eu disse que aquela era a nossa história comum. Sempre havíamos dividido as tarefas. Não diga que as mulheres não estiveram na guerra, ou que os homens não esfregaram o chão. A história é repleta de espiãs e donos de casa, eu disse. Mulheres também eram caçadoras e agricultoras. Quantos animais teriam sido capturados em armadilhas feitas por mulheres? Quantos pescoços de animal as mulheres não devem ter torcido ao longo do tempo? Será que armadilhas e facas deviam ser história dos homens ou história das mulheres? Quanto grão teria sido colhido por mulheres? Será que as ferramentas da colheita deviam ser história dos homens? E quem saberia dizer quanto vidro romano fora soprado por mulheres? Os homens eram enfermeiros nos claustros. As mulheres eram guerreiras, mesmo que os esqueletos muitas vezes fossem vistos como esqueletos de homens quando os arqueólogos encontravam armas no túmulo. Os homens poliam maçanetas em palácios e assavam o pão dos romanos.

Como se fosse possível separar a tapeçaria de Penélope da viagem de Odisseu, como se fosse possível imaginar a história dos homens sem as mulheres, o urdume sem a trama. Você acha mesmo que Homero teria urdido aquelas histórias se não tivesse ajudado a mãe ao pé do tear?, perguntei. Se não tivesse observado o movimento das lançadeiras, as alternâncias de cores e por fim a roupa pronta? Quem teria contado as primeiras histórias a Homero? Como poderíamos saber que histórias eram contadas por homens, quando eram as mulheres que contavam para as crianças tudo o que ouviram quando eram pequenas? O primeiro autor da história, ou pelo menos o primeiro que conhecemos, foi uma mulher. Disso todo mundo sabe, eu disse. Mas Henry disse que não sabia. Ele tinha servido água em nossos copos, e tomei um gole ou dois antes de admitir que eu não lembrava o nome dela.

Henry disse que só estava tentando entender a minha relação com a história. O motivo pelo qual havia despertado o meu interesse pelos romanos. Eu disse que ele não ajudava a esclarecer muito as coisas ao dizer que a história nunca tinha se interessado por mim. Ou pelas mulheres. Tínhamos passado o tempo inteiro ao lado uns dos outros. Eu não gostava que ele dividisse a história em duas partes, uma para cada lado, quando o mundo era repleto de coisas em comum. A história do vidro. A história dos metais. Navios que levavam toda sorte de coisas de um lugar para o outro. A história das florestas era uma história comum. A comida era consumida por todos. A pele dos animais e os fios tecidos, que depois viravam roupas para homens, mulheres e crianças. A lã e as plantas usadas para tingir. A história dos grãos era uma história comum, eu disse. Se havia uma história comum, era a história dos grãos. O imperador com suas ordens, Anona com o moio. Tudo fazia parte da mesma trama. O poder, a fertilidade e a distribuição dos grãos. Imperadores e deusas. As línguas. As histórias. Tudo havia passado pelas mãos de homens e mulheres. Pensamentos de homem haviam passado pela cabeça das mulheres, pensamentos de mulher haviam sido divididos com homens, e esses homens os compartilharam com outros homens, que os compartilharam com mulheres. Tudo havia sido filtrado sucessivas vezes. Eu não conseguia entender a necessidade de separar o mundo em diferentes partes, eu disse. Tudo fazia parte da mesma trama.

Estávamos sentados à mesa, quase terminando a refeição. Notei muito bem que estava argumentando para tudo quanto era lado, e que as minhas alegações eram no mínimo tão incoerentes quanto as de Henry. Não entendi direito se ele se sentia atacado ou se divertia com isso, mas a meu ver tinha sido ele a me convidar para aquela dança.

Enquanto permanecíamos sentados à mesa, Henry examinou a louça com especial atenção. Nós dois havíamos quase esvaziado os pratos, o dele era azul-escuro e tinha uma lasca na borda, enquanto o meu era branco com padrões azuis e não tinha lasca nenhuma. Sem dúvida ele havia colocado o prato branco para mim porque era o mais bonito. Eu disse que sabia muito bem que ele tentava me agradar. Já tinha aceitado comer restos. Já tinha mencionado historiadoras feministas. Eu disse que não queria parecer ingrata. Eu via muito bem que ele tentava explicar o meu mundo para mim a partir do meu lado da cerca, mas assim mesmo parecia-me que era uma cerca que ele havia construído enquanto tentava pulá-la.

Henry riu dessas metáforas e disse que eu precisava decidir se afinal ele estava serrando um barco em alto-mar ou construindo uma cerca, quando de repente franziu a testa, olhou para o prato dele, em seguida olhou para o meu e empurrou o dele por cima da mesa e apontou para as sobras da refeição. Ele afastou o arroz para o lado e pude ver um grão maior do que os outros no prato azul. Aquilo tinha o formato de um pequeno arco, e no interior do arco havia uma série de pequenas saliências que sugeriam patas. Não comida, mas uma série de patas. Pouco depois notei mais um desses grãos estranhos, e a seguir outro. Naquele instante também vi uns no meu prato, mesmo que a cor os tornasse quase invisíveis: naquela refeição tínhamos nos sentado à mesa para comer larvas. Ou o que quer que fosse aquilo. Eram criaturas de formato alongado, que deviam ter vivido no pacote de arroz e sido cozidas sem que as notássemos, e que nem ao menos teríamos visto se Henry não houvesse tirado o prato azul do armário. O pacote de arroz tinha sido comprado muito tempo atrás, eu nem saberia dizer quando, e já estava no armário quando Henry se mudou para cá.

Depois que jogamos fora as sobras da refeição e lavamos a louça, Henry me perguntou se eu achava que aquela era a relação que os romanos tinham com o centeio. Que era uma coisa desagradável de comer. Assim como a relação que temos com os insetos e as larvas. Porque nada tinha acontecido. Aquilo não tinha importância. Mas não era o tipo de coisa que comíamos.

Talvez, eu disse, mas na verdade o centeio é tóxico. Essa parte eu teria que explicar melhor, disse Henry, e contei sobre o mais recente livro de Janita Weng, chamado *Noxious Pustule*, que eu estava quase terminando de ler e tinha acabado de tirar de cima da mesa para dar espaço às larvas. O livro era sobre o cultivo de centeio no reino dos francos, porque quando o Império Romano ruiu no Ocidente, os francos tomaram conta de tudo. O centeio tinha se espalhado desde o leste e desde o norte, onde outros tipos de grão eram difíceis de cultivar em razão do clima frio, e a partir daquele momento começou a se espalhar rumo ao sul, porque os francos comiam centeio e levaram o cultivo do centeio ao sul da Europa. Essa cultura evitou a fome quando o fornecimento externo de trigo cessou, e o reino dos francos mal teria sobrevivido sem o centeio, na opinião de Weng. O problema era que os comedores de centeio podiam adoecer por causa do grão, tudo em razão de um pequeno apêndice roxo na espiga, um fungo chamado *Claviceps purpurea*, que era tóxico e podia causar uma doença chamada ergotismo.

Mas as pessoas não sabiam que a causa da doença eram as toxinas no centeio. Na época, a doença era chamada de fogo de Santo Antônio. Milhares morreram. Os atingidos acabavam loucos, com pés e mãos queimados. As mulheres abortavam, a pele perdia a sensibilidade, a carne apodrecia, braços e pernas caíam. Havia relatos de uma doença da dança, que atingiu muitas pessoas, e também de claustros onde monges curavam a doença. Algumas vezes, pelo menos. Pois com frequência comia-se trigo nos claustros, mas ninguém sabia que era o grão que fazia diferença, sabia-se apenas que as pessoas recebiam a ajuda dos monges e de muitas orações.

Janita Weng descrevia o longo caminho até a descoberta da toxina contida no grão. Passaram-se séculos até que surgisse uma explicação para a doença — quase sempre os sintomas eram atribuídos ao pecado, ao castigo divino e às artimanhas do diabo. Não ocorria às pessoas olhar para o grão, e, quando finalmente passaram a desconfiar da comida, muitas vezes traziam junto a ideia de uma má ação, a ideia de que a comida estaria amaldiçoada. Tudo eram vontades. A má vontade e a boa vontade, segundo Weng. Não o grão venenoso da natureza.

O mais estranho era que a explicação já era conhecida. Os assírios deixaram registros sobre a doença do grão com escrita cuneiforme em tabletes de argila: uma bolha venenosa no grão. Os persas falaram sobre uma grama venenosa, que levava as mulheres a abortarem. Talvez não fosse tão estranho que os romanos fizessem questão do trigo. Mas a história foi esquecida, e ainda no século XVII as explicações relacionadas ao castigo divino e às artimanhas do diabo subsistiam. Talvez houvesse uma relação entre a doença e a perseguição às bruxas. Pelo menos Weng citava pesquisadores noruegueses que haviam encontrado correlações entre os julgamentos de bruxas e surtos de ergotismo. Tanto as bruxas como as vítimas de bruxaria apresentavam sintomas compatíveis com a doença: alucinações, pés e mãos queimados, perda de sensibilidade na pele. E muitas bruxas diziam ter sido iniciadas na bruxaria ao comer um pedaço de pão. Tinham encontrado criaturas estranhas, e com frequência o próprio demônio se revelava. Houve julgamentos de bruxas em Finnmark, ao norte, onde a população empobrecida precisava importar grãos de baixa qualidade, e também em Rogaland, ao sul, onde havia lavouras de centeio no solo úmido.

Henry ouviu tudo pacientemente, mas com uma boa dose de ceticismo. Ele nunca tinha ouvido falar na ligação entre bruxaria e intoxicação por centeio, mesmo que em tese essa fosse a história dele. Eu disse que não sabia se era verdade, mas também não sabia se a história das bruxas era a história dele ou a minha. Talvez estivéssemos começando um movimento em círculo do qual não poderíamos mais sair, disse Henry.

Mais tarde naquela mesma noite, quando eu já tinha me deitado e Henry continuava no sofá com um livro, meu celular tocou. Era Henry. Ele queria apenas ter certeza de que nossos telefones continuavam funcionando. De que as linhas continuavam funcionando.

Aí está, eu disse. Henry ficou contente. É importante cultivar a amizade com as coisas, ele disse. Disse que tinha pensado a respeito disso. Pois imagine se ainda hoje estivéssemos às escuras como as pessoas da Idade Média, acreditando que tudo se devia à vontade de Deus e às artimanhas do diabo, acreditando que bruxas e santos eram capazes de lançar maldições e fazer milagres. Imagine se nossas tentativas de explicar os acontecimentos históricos fossem ridículas desse jeito. Tínhamos mudado as explicações. Imaginávamos que as decisões tomadas por reis e imperadores, por líderes de exército e homens de Estado, políticos, generais e grandes gênios determinavam os rumos do mundo. Mas essa ideia não parecia igualmente ridícula? Por que acreditávamos que faria sentido enxergar as histórias dessas pessoas como uma explicação para os acontecimentos do mundo? Ou que faria sentido seguir uma longa série de rainhas e imperatrizes e cientistas mulheres e estadistas mulheres para conseguir essa história?

Eram as coisas que detinham o poder. E tínhamos a mesma dificuldade que os nossos antepassados para ver aquilo que estava bem diante do nosso nariz. Eram as coisas que faziam o mundo girar. Um pequeno apêndice roxo na espiga do centeio. Uma pedra no sapato. Um tablete de argila que rachava durante a queima. Um telefone que funcionava ou deixava de funcionar. A chuva ou o vento. Uma tempestade. Esse tipo de coisa.

Eu ri e disse que estava cansada demais para pensar. Disse que estava contente de ter um companheiro de brincadeiras no dezoito de novembro. De saber que podíamos estar cada um no seu canto com o seu telefone. Pouco depois nos demos boa-noite e desligamos, e quando acordamos hoje pela manhã falamos principalmente sobre as larvas em nossa comida e sobre os pacotes de farinha e grãos na gaveta da cozinha.

#1245

Estamos nos acostumando um ao outro. Saímos para dar passeios na cidade, discutimos, preparamos refeições na companhia um do outro. Conheço Henry D. há mais de cem dias, e às vezes penso que estou começando a entendê-lo. É estranho começar a entender uma pessoa que foi jogada pelo acaso na sua sala de estar. A situação já não parece mais a estadia temporária num hospital. Não é mais o encontro breve entre dois pacientes, e não estamos internados com uma doença que possa ser operada. Não há sineta a tocar, não há cordão a puxar se precisarmos de ajuda, e também não há ajuda em lugar nenhum. Não há médicos, não há remédios. Mas acabamos nos acostumando à ideia, e já não é mais frequente que eu deixe o olhar correr ao longo da parede em busca de uma saída. Uma mudança, um sinal, um canto um pouco mais alto que possa ser alcançado se a ajuda for necessária.

Quer dizer, às vezes eu penso em chamar Thomas. Em convidá-lo a vir para Düsseldorf, em ligar para ele. Talvez até em mentir sobre o motivo, para não o assustar, mas Henry acha que é impossível. Ele disse que já tinha tentado quando mencionei a ideia, e então falou sobre Martha Atlings, uma colega que estaria com ele na conferência.

Os dois já haviam se encontrado antes e combinado de se encontrar mais uma vez na conferência. Henry tinha se alegrado com a ideia de vê-la, e essa alegria era recíproca, porém Martha precisara cancelar de última hora. O ex-marido tinha um compromisso importante no dia dezessete e não poderia ficar com as crianças, como inicialmente planejado, então ela havia cancelado a participação na conferência. Henry tentara convencê-la a aparecer pelo menos nos últimos dias, mas ela respondeu que seria complicado. Martha morava em Dresden, e a logística das crianças e do transporte seria muito trabalhosa.

Henry já tinha passado muito tempo no dezoito de novembro quando decidiu visitá-la. Foi depois de sua última viagem a Ithaca: ele se sentiu inquieto, com saudades do filho, mas não faria sentido fazer toda a viagem outra vez. Henry havia começado a se sentir como um outro. O cabelo havia crescido. A crença de que o tempo voltaria ao normal já tinha há muito desaparecido. Henry imaginava que Martha Atlings gostaria daquele outro em que havia se transformado, segundo disse. E foi mesmo o que aconteceu.

Ele viajou a Dresden, hospedou-se por uns dias na cidade, se mudou para um hotel, arranjou um telefone e certa manhã ligou para ela. Martha estava a caminho da universidade, ela também era socióloga, como Henry, mas não tinha nem aulas nem outros compromissos no dia dezoito, porque devia estar em Düsseldorf. As crianças tinham sido deixadas com o pai na tarde anterior, e Martha tinha planos de trabalhar num artigo, mas quando Henry apareceu ela não conseguiu escrever grande coisa. Os dois passaram o dia inteiro juntos. Tinham saído para jantar, voltaram ao apartamento dela, fizeram amor e, quando acordaram na manhã seguinte, Henry explicou tudo o que estava acontecendo, primeiro numa manhã, depois em outra, e depois em ainda outra. Você sabe como é, ele disse.

Todas as manhãs ela ficava alegre ao vê-lo, e de um jeito ou de outro, sabe-se lá como, ele conseguia explicar a situação antes que ela acordasse por completo. Martha acreditava nas coisas que ele dizia sobre o dia dezoito, a princípio meio hesitante, mas não era difícil convencê-la. Havia muitos sinais de que Henry dizia a verdade.

Passados alguns dias, os dois concordaram em ir a Berlim. Saíram cedo da manhã no carro de Martha Atlings em direção ao norte. Pararam num pequeno vilarejo para almoçar e foram dar um passeio no parque de um castelo, onde trabalhadores guardavam as esculturas do jardim em caixotes de madeira. Deuses e deusas e estranhos anões eram embalados no que pareciam ser caixões verticais, para que assim passassem o inverno em segurança.

Em Berlim, os dois se hospedaram num hotel. Tinham passado um bom tempo no terraço, envoltos em cobertores. Tinham visitado um museu de arte e parado em frente a um quadro chamado *A fonte da juventude*. O pintor era Cranach. Henry disse que um dia gostaria de me mostrar essa pintura. Um grupo de mulheres velhas e cansadas vestindo trajes cinzentos, quase esverdeados, chegava a uma fonte pela esquerda do quadro. As mulheres eram levadas até a borda em carrinhos de mão ou chegavam a pé com as costas recurvadas. Mas na água os corpos velhos trocavam de forma e de cor e tornavam-se jovens, e no lado direito do quadro as cores eram avermelhadas e douradas. Jovens de cabelos loiros saíam da água e vestiam roupas de festa.

Enquanto os dois estavam lá, Henry pensou que na realidade acontecia o contrário. Ele havia entrado na fonte da velhice.

A cada dia ficava um pouco mais velho. Se aquilo continuasse, pensou, ele aos poucos se transformaria num velho, enquanto Martha continuaria exatamente a mesma. Como as esculturas no parque, protegida contra o tempo e os estragos. Henry também havia pensado que era um homem feliz. Que naquele momento estavam lá, mesmo que a distância entre os dois só fizesse crescer. Que estavam juntos.

Na manhã seguinte, quando acordaram, tudo se estilhaçou. Martha acordou de sobressalto, porque olhou ao redor do quarto e não o reconheceu. Ela olhou para Henry como se ele fosse um criminoso. O choque de acordar num quarto com uma pessoa que não reconhecia foi tão grande que Henry levou um bom tempo até convencê-la de quem era, e mesmo que ao fim tenha conseguido explicar a situação, a confiança de Martha havia desaparecido. A sensação era a de que ela nunca mais confiaria em nenhuma outra pessoa, disse Henry. Ele jamais esqueceria o olhar dela ao encará-lo. A desconfiança.

Quando Henry terminou a explicação, Martha disse que ele poderia ter pensado naquilo. Podia ter imaginado como ela reagiria ao acordar num quarto estranho com uma pessoa que não reconhecia. Como se tivesse sido drogada e raptada.

Henry explicou que ela mesma tinha dirigido o carro. Que havia demonstrado interesse por ele, embora Martha não tenha acreditado. Ele sabia que ela não guardaria nada na memória. Que acordaria num lugar para onde não tinha decidido ir. Mesmo que tivesse ido voluntariamente — ela não tinha como saber. Claro que Martha sabia que não tinha sido Henry o responsável por apagar sua memória, mas ele sabia que a memória dela seria apagada. Martha não sentia nenhuma vontade de continuar em Berlim e quis voltar.

Quando logo mais tarde eles descobriram que o carro dela tinha sumido, Henry sugeriu que voltassem de trem a Dresden e disse que poderia ajudá-la a escrever o artigo no qual estava trabalhando. Os dois haviam discutido o artigo em diversas ocasiões ao longo daqueles dias, e ele se lembrava de boa parte do que haviam conversado. Quando chegaram de volta, Martha já tinha vencido o choque, e o carro estava no mesmo lugar onde o haviam buscado no dia anterior.

Contei a Henry sobre a minha conversa com Lisa. Disse que ela queria me levar junto para escrever o trabalho de conclusão de curso. Seria melhor desistir logo, Henry disse. Ele e Martha tinham escrito o artigo juntos, mas já no dia seguinte o artigo estava cheio de furos, mesmo que tivesse sido impresso e mantido ao lado da cama. O mais estranho era que um dos trechos escrito por Martha continuava no texto, enquanto um dos escritos por Henry com base em outro artigo que Martha havia mencionado no trem durante a viagem de volta havia desaparecido. Ele não achava que Lisa pudesse ir muito longe com aquela ideia.

Henry passou mais dois dias com Martha, porém era sempre a mesma coisa. Ele acordava apreensivo. Sentia que a desconfiança dela poderia voltar a qualquer momento. Antes, tinha acreditado que era a presença dele que a tranquilizava quando os dois acordavam juntos pela manhã. Que havia uma ligação especial entre os dois, que a ajudava a vencer o esquecimento trazido pela noite. Um amor incipiente. Mas talvez não tivesse nada a ver com ele. Talvez fosse apenas a sensação de estar em casa. Martha tinha morado naquele apartamento por anos a fio. Com o marido, e antes dele com o ex-namorado. Tinha acordado com eles naquele mesmo quarto todas as manhãs. Os filhos dela haviam subido na cama. Era aquele quarto que lhe trazia segurança. Henry ficou com pena de si mesmo, porque tinha imaginado ser o responsável por aquela confiança matinal, quando na verdade os responsáveis eram o papel de parede, as cortinas e as lembranças que Martha tinha de inúmeras manhãs naquele quarto. Ele já não acreditava mais que tinha vencido os dias entre ambos. Mas assim mesmo sentia uma ponta de felicidade ao pensar em Martha.

Quero saber mais a respeito de Martha Atlings, Henry quer saber mais a respeito de Thomas. É bom conversar sobre o amor. Falamos sobre Martha e Thomas como se houvesse um futuro lá fora. Como se houvesse mais de onde essas coisas vêm.

#1344

Duzentos dias com Henry D. Não vou dizer que é sempre fácil, mas temos dias bons, e volta e meia damos boas risadas.

É um mundo simples. Comemos restos e falamos sobre o amor e impérios desaparecidos. Falamos acima de tudo sobre o passado, e a cada cem dias fazemos uma festa. A próxima é amanhã, duzentos dias passados desde o nosso encontro no Café Möller e a nossa estranha dança recíproca, e vamos jantar no restaurante grego do outro lado da rua.

Não tenho escrito muito, uma anotação aqui e outra acolá, não é tudo o que eu escrevo e imprimo, às vezes começo a escrever sobre um dia ou uma conversa e sou interrompida, ou eu mesma me interrompo. Já não é mais tão importante, pois somos dois a recordar. Mas conversamos e contamos nossos dias. A velocidade aumentou. Os dias passam. Discordamos, discutimos, ajustamos e calibramos. Às vezes falamos como se estivéssemos no hospital, prestes a receber alta. Como se pudéssemos ajudar um ao outro. Como se houvesse uma saída que ainda não encontramos.

Henry tem um livro para os dias dele. Escreve uma ou duas frases toda noite, e agora começou a me perguntar o que deve escrever. Ele me liga do sofá-cama, quando já estou deitada. É como se quisesse estar comigo no dia seguinte. Pergunta que tipo de dia tivemos: um dia bom, um dia sábio, um dia que seria melhor esquecer? Pergunta o que vale a pena recordar.

Será que o dia #1322 foi um dia amistoso? Será que visitamos ruas até então desconhecidas no dia #1334? Qual foi a frase mais idiota do dia? Houve motivos para rir? Comemos larvas?

Aquilo o faz pensar na escola do filho, segundo me disse. Quando Henry ia buscar o filho, o menino sempre tinha uma pequena observação a fazer. Hoje assamos biscoitos. Hoje foi um dia de meias úmidas, mas depois elas secaram. Hoje brincamos na neve.

E agora ele me pergunta como foram os nossos dias. Como se cada dia tivesse uma história própria. Posso ouvir a saudade na voz dele quando fala sobre o filho, mas agora também ouço que ele adormeceu. Um leve ronco chega do cômodo vizinho. Hoje à noite Henry escreveu: dia calmo, sem risadas e sem larvas, mas a esperança voltou.

E assim pensei que havia chegado a minha vez de escrever. Pois o que ele escreveu é verdade. Às vezes também sinto como se a esperança tivesse voltado.

#1347

No fim Henry cortou o cabelo. Ele está a caminho dos Estados Unidos e o cortou para ser reconhecido. Não quer ser um outro no encontro com o filho. Não sabe quando deve voltar, mas tem as chaves dele, e se eu não estiver ele pode continuar morando aqui até que eu volte. Henry tem certeza de que vou voltar para Thomas. Mais cedo ou mais tarde, ele disse.

Anteontem comemoramos os nossos duzentos dias juntos no restaurante do outro lado da rua. Falamos sobre o futuro. Não é toda hora que falamos sobre o futuro, mas, quando falamos, via de regra é porque estamos pensando em sair daqui. Cada um para o seu lado. Foi sobre isso que falamos. Sobre o fato de que a nossa vida em comum nos dá o sentimento de que alguma coisa faltava. Não que não demos importância aos dias que passamos no apartamento. Aos dias que passamos juntos. Aos duzentos dias que passamos juntos. Nosso encontro fazia jus a uma celebração. Haveria uma festa, mas também era uma festa de despedida.

Todos os outros clientes já estavam lá quando chegamos ao restaurante no outro lado da rua. O casal apaixonado estava na mesa do canto, o casal mais velho pedia a sobremesa e o pequeno grupo de rapazes de camisa branca conversava animadamente já no meio da refeição. Num outro ambiente havia um grupo recém-chegado. Eu e Henry chegamos um pouco mais tarde do que eu costumava chegar quando passei a frequentar o restaurante durante a minha primeira estadia na Wiesenweg, mas Henry insistiu que aquele devia ser um dia festivo. Passamos um bom tempo nos vestindo com nossas melhores roupas, e fizemos um brinde aos nossos duzentos dias antes de sair de casa. Ao nosso segundo *centium* juntos. Foi Henry quem havia decidido que cem dias deviam chamar-se centium. Então agora podemos falar de conjuntos de cem dias, um tempo com intervalos, podemos dar passos largos ao redor do nosso dezoito de novembro, podemos fazer planos futuros sem a necessidade de contar os dias ou fazer especificações precisas. Podemos falar sobre o que vai acontecer daqui a dois ou três centiuns. Podemos falar sobre nos separarmos e depois voltarmos a nos encontrar, quase como se houvesse futuro à nossa frente.

No restaurante, pedimos nossa comida sem nenhum tipo de consideração especial pelos recursos da cozinha. Havia tão poucas coisas a celebrar no dezoito de novembro, disse Henry, que o nosso segundo centium devia ser celebrado à altura, e mesmo que gastássemos um pouco do mundo naquele dia estaria tudo bem.

Durante a refeição falamos sobre os nossos muitos dias no dezoito de novembro. Sobre o meu anseio por meses e estações, e a forma como os cortes de cabelo de Henry haviam criado intervalos naturais no tempo dele — até que ele parou com aquilo e deixou o tempo se movimentar sem cortes. Mas a partir daquele momento tínhamos os centiuns, tínhamos intervalos que faziam sentido, e não precisávamos mais falar sobre anos ou meses ou estações, não diríamos nos vemos no verão, mas poderíamos dizer nos vemos daqui a um ou dois centiuns.

Mesmo assim contamos os anos quando mencionamos o menino na mesa ao lado. A idade dele. Nove anos, disse Henry, talvez dez. Mais velho que o filho dele. Mas talvez não mais velho do que o filho seria caso tivesse acompanhado o nosso tempo. Tínhamos passado quase quatro anos no dia dezoito. O filho dele teria nove anos se houvesse continuado a crescer.

Ficamos ouvindo a conversa. O menino na mesa ao lado tinha perguntado se podia pedir uma sobremesa, e o homem que parecia ser o pai respondeu que sim. Nenhuma pessoa da mesa havia pedido sobremesa. A maioria tinha pedido café, e logo depois chegaram os cafés para os adultos e o prato com um bolinho e uma generosa porção de sorvete para o menino.

Me lembrei do filho da meteorologista no início dos meus dias de estações — quando os meus dias de novembro se transformaram em dias de dezembro, conforme eu havia dito para Henry — e comecei a falar sobre o menino e o regador, mas estava claro que Henry não conseguia se concentrar, porque o menino da outra mesa o fazia pensar no filho.

O menino, que tentava falar com os adultos como se já fosse um deles, recebeu a sobremesa com uma alegria tipicamente infantil. Chegou a pular no assento ao ver o tamanho da porção, e Henry comentou aquela empolgação com um tom de alívio, porque antes tinha achado a formalidade do menino um pouco assustadora.

Logo depois de comer o sorvete o menino se cansou e em pouco tempo cochilou na cadeira, apoiado contra a mulher que devia ser a mãe. Depois de se mexer e se ajeitar um pouco, o menino sumiu por baixo da toalha de mesa, provavelmente adormecido, deitado metade na cadeira, metade no colo da mãe. Em cima da mesa via-se um prato vazio no lugar onde o menino havia sentado e um grupo de adultos que bebiam café e continuavam a conversa cujo início eu já tinha ouvido em outras visitas ao restaurante.

Pude ver que de tempos em tempos Henry olhava para a mesa do menino desaparecido. Perguntei se ele tinha muita saudade do filho. Claro, ele respondeu. O tempo inteiro. Às vezes pouca, às vezes muita. Naquele instante, muita.

Pouco depois Henry disse que dava para ver que eu tinha saudade de Thomas. Disse que sabia reconhecer uma saudade ao vê-la. Estávamos sentados assim, com saudade, quando o casal mais velho saiu do restaurante. Eles não puderam deixar de notar o nosso silêncio. Talvez já houvessem compartilhado uma refeição daquela mesma forma. Não sei se era bom que achassem que nós dois éramos um casal silencioso no restaurante, mas foi bom ter outra pessoa também com saudade a meu lado.

Quando saímos do restaurante, Henry disse que não tardaria a viajar. Queria voltar para o filho. E tinha certeza de que eu logo voltaria para Thomas. Eu disse que não acreditava muito nisso. De que adiantaria? Além do mais, minha saudade aumentava quando eu notava que Henry estava com saudade do filho. Eu não sabia se aquela saudade era minha ou se era uma saudade que eu tomava emprestada dele. Talvez Henry levasse a saudade embora quando viajasse.

Ontem ele foi ao salão e cortou o cabelo. Fez a mala e hoje pela manhã partiu rumo ao aeroporto. Henry não sabia quando voltaria, mas combinamos que, a não ser que estejamos mortos, ou então que o tempo volte a correr normalmente, vamos nos encontrar mais uma vez no apartamento da Wiesenweg daqui a cem dias. Daqui a um centium, disse Henry, e caso não seja possível entramos em contato. Afinal, nossos telefones resistiram. Os dois ainda funcionam. Aceitei o combinado. A despeito do que aconteça, ele disse. Aquilo soou bizarro, como um pacto entre amigos de infância, mas se de fato somos os únicos que compartilham as repetições do dezoito de novembro, precisamos um do outro, ele disse.

Por um instante eu desejei que Henry ficasse. Mas cem dias passam depressa. E agora não são apenas os dias que passam. É também um tempo de espera. Um tempo de espera não é o mesmo que dias que passam. Existe um horizonte futuro, e um centium não é muito tempo quando já tem até nome.

#1376

Depois que Henry viajou voltei ao ritmo dos primeiros tempos no apartamento. Ou melhor, não de todo, porque é um ritmo mais leve, as rotinas são menos rígidas. Começo a manhã num café que não é sempre o mesmo, passeio um pouco e depois entro num lugar qualquer. Abro a porta de um recinto com cheiros e sons, a estranha mistura matinal de pão recém assado e produtos de limpeza, café, chá e casacos pendurados no encosto de cadeiras ou jogados no assento ao lado.

Às vezes vou à universidade e converso com os meus colegas, são observações simples, perguntas curtas, um sorriso rápido nos corredores. Visito a biblioteca, onde empresto os livros das prateleiras, leio-os e os deixo na sala ou os esqueço na mesa da cozinha. Volta e meia os livros se devolvem por conta própria.

Movimento-me pelo mundo com uma leveza recém-descoberta. Não estou sozinha, há pessoas ao meu redor, Thomas está num lugar, Henry em outro, penso na minha família e nos meus amigos, não os vejo há muito tempo, mas todos estão também em um lugar. Às vezes penso em fazer contato com uma amiga de infância ou uma ex-colega que não vejo desde que me mudei de Bruxelas, mas em seguida hesito. Já pensei nisso antes e já hesitei antes. Penso que seria obrigada a explicar o que aconteceu. E que talvez não acreditassem em mim. Tenho medo de perder minhas amizades.

Mas penso em todos esses amigos com uma alegria que me dá força para enfrentar os dias, e mesmo que eu sinta uma leve saudade — de Henry ou de Thomas, de amigos ou da família, das estações e de um tempo que passa —, é uma saudade passageira. Tenho saudade e a deixo ir embora. Penso em tudo o que existe, em todas as pessoas que conheço, em tudo o que já vi, em pessoas e coisas que existem lá fora em um lugar qualquer. Penso em lugares para onde posso viajar, em coisas que posso ver se quiser. Essas coisas não desapareceram. Eu simplesmente as deixei ir embora por um tempo.

Colho as frutas baixas, sinto um perfume trazido pelo vento, vejo um rosto amistoso, um sorriso repentino enquanto ando pela rua, corro até uma loja onde um cliente segura a porta aberta para mim.

O mundo é aberto. Colho, e não acontece nada. Não consumo o mundo. Percorro um caminho estranho pelo mundo. São manobras leves, saltos de lugar em lugar. Capturo sons e atmosferas. Como um catador de pedras numa praia, que se abaixa, olha para uma pedra e a recoloca no lugar. Como uma pessoa que caminha ao longo de uma estrada de terra colhendo flores selvagens com o olhar, sem arranjá-las num buquê para a sala. Uma, duas, três. Isso é receber. Colher e deixar em paz.

Olho ao redor, e o tempo inteiro novas coisas aparecem. É um processo sem fim. Eu colho e colho, e no instante seguinte, quando o caminho faz uma curva, já há mais. É a exuberância da natureza que se multiplicou nas ruas. Suficiente para todos, e ninguém tira nada de ninguém. Agora mesmo um cliente do café que estava passando pegou a minha echarpe do chão. A echarpe tinha escorregado da cadeira e caído, mas agora está de volta ao encosto. Obrigada, cliente. Mais um.

À noite permaneço imóvel na cama, ouvindo os barulhos. Ouço os meus próprios barulhos, a minha respiração, as roupas de cama, um ruído feito pelo colchão. Ouço o leve rumor de carros e trens. Se vou ao pátio, consigo ouvir a nespereira, consigo ouvir os galhos e as folhas, uma fruta que cai, um mundo que agradece em silêncio. E a manhã chega, e a noite chega, e depois outra vez a manhã. É o dia que desperta. Mais um.

#1403

Nada mais tem dissonâncias. As coisas têm sonâncias e assonâncias. Consonâncias e ressonâncias. Entro e saio de lojas e cafés, ando sem rumo pela calçada, atravesso ruas e ouço carros e vozes, os sons distanciam-se ou chegam mais perto, pairam no ar e tornam a desaparecer. Ouço os sons que existem por cima, por baixo e em sentido contrário, que fazem com que as coisas se revelem.

Às vezes procuro novos sons. Fui a concertos, não uma única vez, eu ouço e depois retorno, e a cada vez surgem novos sons, um instrumento oculto, uma nota que se abre ao fundo, uma sonância que eu não tinha ouvido antes, um timbre inusitado, um eco inesperado.

Ouço os pratos e os talheres na cantina da universidade, ouço cadeiras e vozes nas salas de aula, e hoje visitei um local alongado, onde os sons praticamente se estendem ao longo das paredes.

Um filósofo daria uma palestra sobre o papel da filosofia no mundo, e só vi o cartaz porque eu havia me perdido num corredor por onde não costumo andar. O som de um sapato mostrou-me o caminho, o som de uma briga entre o ar e a água em materiais macios, talvez uma sola com infiltrações que houvesse deixado a água passar. Ouvi aquilo quando estava sentada a uma das mesas na cantina, ouvi e me levantei e comecei a segui-lo, o sapato, a perna que caminhava, um sapato que atravessou a cantina e depois o saguão, e que seguiu em frente, saiu por uma porta e por fim entrou numa sala com uma folha de papel colada na porta, em francês, e eu o segui até lá dentro no momento exato em que o filósofo era apresentado, ele se sentou atrás de uma mesa que não estava no fundo da sala, mas numa das laterais. Havia um quadro atrás dele, e na frente duas filas de carteiras com espectadores meio espalhados, devíamos ser doze ou catorze no total, mas o número de presentes não foi motivo de incômodo para ninguém, era o número certo para aquela sala, o número exato de ouvintes.

O filósofo, um senhor de testa brilhosa e uns poucos cabelos nas laterais, recebeu-nos com um aceno de cabeça, como se conhecesse todos nós. Falou sobre a filosofia e o lugar que ocupava no mundo, dizendo que sentiríamos falta caso ela não existisse.

Ele disse que a filosofia era necessária, mas os críticos mais ferozes da filosofia eram os próprios filósofos, e que deviam continuar assim, que a filosofia devia ser necessária, que o tempo inteiro precisava desafiar a si mesma, quebrar-se em pedaços, jogar tomates, ovos, presentes e nós górdios para todos os lados. Contra os outros e contra si mesma. Era disso que a filosofia precisava, aproximar-se de si mesma. Fazer troça de si mesma. Ser o próprio alvo de si mesma.

Ele falou sobre os outros ramos do conhecimento, sobre como tentavam escalar montanhas, enquanto a filosofia mantinha-se num terreno plano de construções baixas, talvez com duas ou três acácias. Disse que a filosofia o tempo inteiro alimentava esses outros ramos do conhecimento, fornecia equipamentos para escalar montanhas, bolas para o jogo, talheres para as refeições, cortava a refeição em pedaços e os levava para dar passeios, como se fossem cachorros, entregava-lhes armas e ferramentas, oferecia-lhes remédios, utensílios, mantimentos, cilindros de oxigênio. Curativos e agulhas e naturalmente fios de sutura, de forma que mal era possível notar que ela tinha passado e reparado certos estragos. O filósofo discutiu sociólogos e economistas, falou sobre as ciências da natureza, sobre religiões e cosmologias, toda a dança através da história, disse que a filosofia está sempre cortando um pedaço de si mesma e jogando-o para o ramo do conhecimento mais próximo, às vezes em direções aleatórias, para o povo, os detentores do poder, a arte, e em cada uma dessas vezes a filosofia perdia uma parte, e em cada uma dessas vezes essa parte tornava a crescer, ou pelo menos essa era a opinião do filósofo, era assim que em geral acontecia. E não havia nada de errado na constatação de que a filosofia fazia reparos e jogava pedaços de si. Pelo menos não enquanto continuasse a filosofar, enquanto se mostrasse disposta a atacar a si mesma em caso de equívoco, quando atingia o alvo errado ou alimentava monstros que não deviam ser alimentados.

De acordo com o filósofo, os problemas surgiam quando a própria filosofia tentava ser um ramo do conhecimento, quando os filósofos tentavam ganhar coisas de presente, algo para comer ou uma ferramenta ou arma ou simplesmente um pouco de amor em vez de simplesmente esperar com toda a calma até que aquilo que a filosofia havia perdido tornasse a crescer. Como uma noiva, disse ele, que joga o buquê para as convidadas e corre até a multidão na tentativa de pegá-lo ela mesma.

Todos riram dessa imagem e do movimento engraçado que o homem fez com o braço ao falar sobre jogar o buquê. A atmosfera na sala era alegre. Um rapaz ao meu lado tinha escrito *Wie eine Braut* num pedaço de papel. Eu não tinha nem papel nem lápis na bolsa, tinha ido até lá para escutar, e era o que eu estava fazendo. Ouvindo acima de tudo a voz do filósofo, mas também as palavras. Fazia muito tempo que eu não ouvia palavras francesas. Aquilo me deu uma impressão familiar, como a de um longínquo dia na escola.

Eu já tinha ouvido aquele tom familiar por um bom tempo quando me ocorreu que as palavras estavam desfeitas nas bordas. A princípio imaginei que aquilo se devesse ao formato alongado da sala, que distorcia os sons. Pensei em salas de concerto e em acústica, na direção dos sons e no quadro em branco atrás do filósofo, mas aquilo não tinha nada a ver com a sala nem com a acústica, era uma coisa na voz, um murmúrio, um desvelo com as palavras.

Cheguei a pensar se não havia nada de errado com o filósofo, se não estaria doente, se um ataque cardíaco não estaria a caminho, mas eu já tinha estado na universidade naquele mesmo horário e saberia muito bem caso uma ambulância tivesse aparecido para atender uma emergência. Não havia nada de errado com ele, ou pelo menos nada de mais grave, porque quando olhei para cima notei que havia um dente solto na boca, um dos incisivos centrais. O filósofo havia lutado contra aquele dente, talvez um implante de um tipo ou de outro, que naquele momento, logo após a imagem da noiva, soltou-se da arcada dentária e caiu na boca dele. Olhei para cima no exato momento em que tudo aconteceu. O filósofo apressou-se em fechar a boca e empurrou o dente para o lado enquanto preparava a frase seguinte, que saiu um pouco menos clara do que as anteriores, mas não importou muito, porque continuávamos a pensar na noiva. O filósofo não achava que aquilo fosse necessário — enfim, que a noiva tentasse pegar o mesmo buquê que havia jogado. De nada adiantava que a filosofia corresse do lugar onde estava, por assim dizer.

Enquanto falava, para o alívio de todos o filósofo conseguiu controlar o dente e, com um gesto relativamente elegante, retirou-o da boca com a mão esquerda. Com um gesto rápido como um raio, a mão dele se ergueu até o rosto, retirou o dente e o enfiou no bolso do casaco, tudo enquanto continuava a falar. Foi assim que o filósofo ficou lá, primeiro com a mão no bolso do casaco, depois sem dente, tudo — pelo menos é assim que eu recordo — enquanto continuava a falar sem interrupções sobre o papel da filosofia. Ele disse que, se a filosofia corresse o tempo inteiro do lugar onde estava para fazer parte do ramo do conhecimento mais próximo, ou daquele que tivesse sido alimentado ou passado fome por último, ou ainda levado três ou quatro pontos, sobraria um lugar vazio que nenhum outro ramo do conhecimento poderia ocupar. Ou talvez não apenas um lugar vazio, porque um lugar vazio era justamente o que a filosofia podia ser, o lugar a partir do qual o buquê era jogado. O risco, caso se corresse atrás do buquê, era criar um espaço vazio, um vácuo capaz de tragar o que havia ao redor, um cadinho onde tudo se misturava e perdia o sentido. Na opinião do palestrante, a filosofia devia manter a calma, devia limitar-se a contribuir apenas quando pudesse. A filosofia era útil, pois de outra forma todas as outras disciplinas aos poucos acabariam por morrer, sufocar, desmoronar, transformar-se em mecânica pura. E assim a filosofia continuaria, crítica em relação a si mesma e insatisfeita com a própria capacidade, sempre tímida e desesperançada, sempre atando nós górdios que ninguém poderia desatar, resolvendo problemas que ninguém percebia como problemas, penteando e soltando os cabelos emaranhados do pensamento humano, disputando simplificações e simplificando as disputas, e era assim que devia ser, a filosofia devia o tempo inteiro recomeçar a busca impossível pela sabedoria, repleta de espanto e curiosidade, sem nenhuma vergonha — e nesse ponto todos os rostos que pude ver estavam rindo — de ser banguela.

Naquele momento notei que o público ficou um pouco em dúvida, pois será que tudo aquilo não passava de uma performance cuidadosamente planejada? Será que eram as circunstâncias, o talento do filósofo para a improvisação que faziam com que tudo aquilo parecesse coeso ou tudo fora mesmo planejado desde o início? Ninguém sabia, e naquele instante o moderador, que até então não tinha feito nada além de apresentar o filósofo, apressou-se em fazer uma pergunta sobre os livros dele. Outras perguntas foram feitas na sequência, em alemão e inglês e francês, e o filósofo respondeu a todas na língua em que eram feitas sem nenhuma dificuldade, sempre com aquele som meio oco que as palavras tinham adquirido em razão do incisivo faltante, mas aquilo já não era mais um ruído, apenas um som.

Quando a palestra acabou me levantei, ouvi mais uma vez o som do sapato molhado, segui o dono do sapato ao longo do corredor e avancei em direção à cantina. Me sentei à mesa que havia ocupado poucas horas antes. O barulho do sapato tinha desaparecido, eu estava sozinha e logo depois peguei o *tram* para a Wiesenweg, meio confusa ao perceber o impacto dos sons na minha viagem. Agora estou sentada com a janela aberta para a noite e com um sentimento de que eu deveria fazer um esforço no sentido de atenuar um pouco a minha sensibilidade aos sons, porque não sei onde isso pode acabar.

#1404
Hoje pela manhã acordei de um sonho. Foi o meu primeiro sonho em um longo período. Já fazia bastante tempo que eu não sonhava em francês.

Era apenas um fragmento de sonho, que no entanto me acompanhou manhã adentro. Um palhacinho de rosto branco com uma expressão triste estava na rua, com um guarda-chuva na mão. O guarda-chuva estava queimado; uma parte do material chamuscado estava pendurada, e do outro lado as varetas de metal estendiam-se em pleno ar.

Pourquoi tu pleures? Havia uma voz no sonho, mas eu não sabia de onde aquilo vinha. *Tu pleures pour le parapluie?* Talvez fosse eu a perguntar. Não sei, mas o palhaço respondeu em voz baixa: *Non, pas pour le parapluie mais pour le cirque.*

Acordei com a sensação de que tinha acabado de sair daquela cena com o palhaço que chorava na rua. Não por causa do guarda-chuva, mas por causa do circo. Eu estava sozinha em minha cama na Wiesenweg, e não sei de onde pode ter vindo esse sonho, porque faz muito tempo desde a última vez que vi um palhaço.

#1411

Talvez Henry tivesse razão. Talvez eu vá mesmo voltar para Thomas. São os sons. São os sons da memória que me acompanham. Ando pela cidade, ouço os sons de sempre ou então sons novos, que eu nunca havia percebido. Ouço o rumor de uma vitrine refrigerada e de repente me lembro de um dia de verão em Clairon, com o zumbido de uma caixa de madeira feita para que os pássaros construíssem um ninho, mas nenhum pássaro zumbe desse jeito, e então descubro as mamangavas que zumbem dentro e fora do ninho. As mamangavas haviam se mudado para lá como se a caixa fosse destinada a elas, e passaram o verão inteiro por lá. O eco de uma caixa que zumbe.

Ou então ouço galhos que roçam contra um muro, há um arbusto no meio da cidade, um som discreto entre uma coisa e outra, um reconhecimento súbito, e de repente ouço a roseira que o avô de Thomas havia plantado logo antes de morrer. A roseira tinha lindos botões vermelho-claros e se abria em flores brancas. O velho Selter dizia que aquela rosa se chamava *Felicité et perpétue*, e eu acreditava, era possível imaginar, que aquela flor traria felicidade eterna, era um nome bonito para uma rosa, pensei, ainda que as flores durassem muito pouco. Porém as minhas pesquisas haviam revelado outra coisa, porque a rosa tinha o nome de duas mártires: uma jovem chamada

Perpétua e a serva dela, chamada Felicidade. As duas haviam morrido juntas ao serem capturadas pelos romanos em Cartago, e agora me lembro da roseira enquanto atravesso a cidade. Me lembro de que havia se libertado da parede ao fim de uns quantos dias de ventania, ou talvez o vento a houvesse libertado, e agora estou com saudade do jardim e da roseira, e talvez da casa também.

#1445

Eu estava olhando para o telefone, porque tinha contado os dias, cem dias, e sabia que Henry estava a caminho. Pelo menos era o que havíamos combinado. Eu tinha feito compras para uma comemoração, por mais simples que fosse: pão, vinho e dois tipos de queijo curado.

E havia tentado ligar para Henry sem conseguir falar com ele, mas de repente o telefone tocou. Era Henry, me ligando do aeroporto. Ele estava voltando, não com a companhia aérea de sempre, porque tinha escolhido outro horário de partida, mas naquele momento estava mais de duas horas atrasado e não sabia mais se conseguiria chegar antes da meia-noite. Não sabia se queria fazer um voo noturno, porque sempre tinha viajado cedo da manhã para ter certeza de que chegaria a tempo. Talvez ele fosse esperar até o dia seguinte para viajar no mesmo horário de sempre.

Falamos sobre os dias dele em Ithaca e os meus na Wiesenweg. Ele falou sobre os passeios de carro com o filho pela região, sobre as cores do outono e sobre os dias passados em casa. Eu contei sobre os sons da cidade, o dente do filósofo e o sapato que havia seguido. Disse que havia começado a acompanhar um número muito grande de sons, e que toda vez que me aproximava surgiam outros mais. Por trás do chiado da cafeteira havia um som mais pesado, de aço. Por baixo dos sons do *tram* havia uma coisa que deslizava, um ruído estridente que não era notado logo de cara. Falei sobre as crianças no parque, o barulho das sirenes de ambulâncias e caminhões de bombeiro, o retinir dos sinos da igreja. O tempo inteiro havia novos sons que escondiam outros. Contei sobre as mamangavas e o zumbido na caixa de madeira. Contei sobre a roseira que havia se libertado.

Mencionei que tinha pensado em voltar para Thomas. Ele disse que havia pensado em ficar nos Estados Unidos. Talvez fosse melhor passar mais um tempo lá. O mais importante, disse ele, foi que havíamos nos lembrado de manter os telefones em funcionamento. Que havíamos mantido contato, mesmo ao fim de cem dias. Que havíamos nos lembrado de contar os dias. Eu disse que continuaria a lembrar, mas que antes de qualquer outra coisa eu queria festejar.

#1531

Os sons tornaram-se atravessados, eram *trams* e carros. Eram as crianças no parque, o barulho das sirenes, o retinir dos sinos da igreja e o chiar da cafeteira.

Todos esses pequenos ruídos que se revelam quando você chega mais perto. Eu havia começado a ouvir a saudade, e agora estou aqui. Na casa em Clairon-sous-Bois. No cômodo mais ao fundo que dá para o pátio e para a pilha de lenha.

Escuto a água nos canos. Ouço a porta da geladeira, que se abre e bate contra o canto da mesa da cozinha, o ruído monótono da impressora no escritório acima de mim. Ouço o som da mão ou do braço que roça a parede, e o pequeno baque das correspondências e pacotes largados no chão do hall. Dei comida para os passarinhos do jardim pela minha janela, e logo, se eu ficar em silêncio no quarto, vou poder ouvir os passos no lado de fora, quando a porta se fechar e Thomas sair:

primeiro os passos decididos no calçamento do jardim, depois passos mais abafados e, quando ele sair pelo portão, um ruído no cascalho e depois um barulho quase imperceptível na calçada. Preciso ficar em silêncio total para ouvir bem. Passos a caminho do correio. Thomas com pacotes e correspondências.

Retomei os sons. Penso nas manhãs de primavera. Num inverno longo, em que os pássaros calaram as vozes, no qual chilreios avulsos e pequenos sinais de advertência são tudo o que resta do coral da primavera. E de repente os sons que retornam. Sons quase esquecidos.

Pois quando o inverno dura tempo suficiente, as canções dos pássaros retornam, e quando os *trams* cantam por tempo suficiente eu volto para a casa em Clairon, e agora é o encanamento que canta, e a música vem de sacolas farfalhantes, de passos no assoalho e da mão ou do braço que roça a parede.

Eu estava com saudade de Thomas. De Thomas e de todos os barulhos dele. Barulhos familiares. Conhecidos, amistosos, como uma rede em pleno verão enquanto os pássaros cantam.

Eu recuperei esses sons. A chuva que ganha força. Liguei a calefação na sala. Agora o vizinho passa caminhando, o dia escurece, chove lá fora, e logo vou ouvir passos na estradinha do pátio. Logo a chave na fechadura, o retorno com as roupas encharcadas.

Recuperei esses sons, mas por outro lado não recuperei mais nada. Não recuperei Thomas. Não recuperei nossos dias de névoa. Recuperei a sequência matinal dos pássaros, o som da chuva.

Foi por isso que voltei. Porque os barulhos estavam errados. Não me levavam a lugar nenhum. Eu ouvia, seguia, colhia, eu me estendia e seguia novos sons. Eu andava de um lado para o outro com uma leveza que me trazia cada vez mais perto, que me levava para mais e mais sons, porém ao chegar realmente perto o que eu encontrava era apenas saudade. Nada de leveza, nada de tranquilidade, nenhum lugar onde os pensamentos pudessem repousar.

Eu me sentia irrequieta, e por fim preparei uma bolsa com roupas, papéis e uma sombrinha. Hesitei. Deixei minha bolsa na cozinha e me sentei no sol do pátio, mas quando a noite chegou eu ainda não havia partido. Na manhã seguinte acordei cedo e antes que pudesse me arrepender deixei o apartamento e fui à estação, onde comprei um bilhete, sempre hesitante e disposta a dar meia-volta a qualquer momento, até que por fim tomei um trem com destino a Lille.

Quando cheguei a Lille comprei comida num supermercado próximo à estação, troquei de trem e segui viagem rumo a Clairon, sempre hesitante, se é que uma pessoa num trem em movimento pode hesitar.

Em razão de obras realizadas nos trilhos — embora a impressão fosse a de que tudo se devia à minha hesitação —, o trem atrasou e a chegada à estação de Clairon se deu já no meio da tarde, mais ou menos na hora em que Thomas estaria saindo de casa. Ao ver a placa com o nome da cidade na plataforma, me senti insegura. Por que eu tinha ido até lá? Olhei para a placa, que de repente me pareceu estranha: *Clairon-sous-Bois*. O que significaria aquilo?

Desci do trem. Caminhei ao longo da plataforma, que estava quase deserta, segui até a passagem de nível que atravessava os trilhos e entrei na estação, onde duas crianças estavam sentadas no banco com um saquinho de balas, sem dúvida comprado na máquina do saguão de espera. Surgia um eco naquele ambiente quando as crianças falavam, havia bancos ao longo das paredes, e a cena como um todo de repente me pareceu estranha.

Quando saí da estação uma sugestão de azul tinha despontado no céu, e no instante seguinte o sol apareceu num rasgo entre duas nuvens. Tomei o caminho da nossa casa, mas não tive a impressão de estar voltando para casa, e ao fim de poucos minutos pensei que não tinha chave para entrar. A chave nunca tinha voltado após o roubo da minha bolsa. Esse detalhe resolveu o caso de uma vez por todas, e assim fui em direção à agência de correio, onde esperava ver Thomas. Ao pensar nele comecei a andar mais depressa pelas ruas, tomada por uma expectativa repentina, como se bastasse aumentar a velocidade para que eu pudesse ultrapassar todos os dias que nos separavam.

Eu tinha a sensação de que só nos encontraríamos na agência de correio, quando ele sairia já sem os pacotes, com a bolsa pendurada no ombro. A seguir me olharia surpreso, mas quando a surpresa passasse o restante do dia seria normal, e então seguiríamos para casa, daríamos um passeio na floresta ou então iríamos ao Café La Petite Échelle.

Quando cheguei à agência de correio já era tarde demais. Parei na calçada oposta mas não consegui ver Thomas lá dentro, então atravessei a rua e parei em frente à porta com a tinta descascada, que revelava pontos de metal cinzento em meio à tinta amarela. Eu não conseguia ver o que se passava atrás do vidro jateado, e assim esperei por um tempo, impaciente, até que me aproximei de uma janela que me oferecia uma boa visão da agência se eu me esticasse um pouco. Porém Thomas não estava lá. Ele tinha ido embora. Tinha outros planos. Já havia seguido em direção à floresta.

Por um instante pensei em encontrá-lo no trajeto e tomei o caminho da floresta, porém logo vi o meu reflexo na vitrine de uma loja, ou melhor, vi o reflexo da minha jaqueta, ou da cor da minha jaqueta, que era uma cor errada: um cinza com reflexos esverdeados. Me detive por um instante e andei um pouco mais antes de mudar a direção. Dobrei na esquina mais próxima e segui até a casa na Rue de l'Ermitage, peguei a chave debaixo de um vaso de plantas no pátio, entrei e larguei a sacola com as comidas que eu havia comprado.

A casa estava fria, e a geladeira cheirava a mofo. Eu a havia desligado, mas esqueci de deixar a porta aberta ao sair, e o cheiro era como se o tempo tivesse passado por lá. Mas não havia pó nem outros sinais de que o tempo passara. Tudo estava da forma como eu havia deixado, como se fosse a minha primeira vez no local, a não ser pelo aquecedor elétrico, por uma pilha de roupas de cama e pelo telescópio, que estava no meio da sala com a caixa de transporte fechada numa prateleira ao lado. A impressão era de resquícios de um tempo passado, de coisas que eu havia deixado para trás. Andei de um lado para o outro, tirei os cobertores do armário, liguei o aquecedor e preparei uma xícara de café, que no entanto não bebi, mas simplesmente larguei em cima da mesa da cozinha.

A cozinha já estava aquecida, então tirei a jaqueta e a pendurei no encosto de uma cadeira. Sentei-me à mesa, porém quando o dia escureceu, e a chuva em seguida começou, eu ainda não estava decidida quanto ao que fazer. O céu escuro, a ideia de que Thomas estava a caminho em meio à chuva, a chegada a uma casa fria, na qual ninguém tinha ligado a calefação para esperá-lo, de repente tudo me fez sentir inquieta, uma sensação de ter fugido, de ter me afastado de uma pessoa ferida num acidente para abandoná-la, encharcada, fria e sozinha.

Minha consciência pesada e a chuva cada vez mais forte levaram-me a sair de casa. Peguei a bolsa, coloquei a jaqueta no braço e corri em meio à chuva. Minha sombrinha estava na bolsa, mas não perdi tempo a procurando. Simplesmente me apressei pelas ruas, com passos trôpegos e hesitantes, porque de repente tive a impressão de haver esquecido o caminho. Me perdi e acabei numa rua que não conhecia, dei meia-volta, corri em meio à chuva e encontrei as ruas certas. Eu já estava totalmente encharcada. E inquieta. Eu tinha me esquecido de tudo o que gostaria de dizer a Thomas quando o encontrasse. Eu tinha me esquecido de tudo. A única lembrança era que eu precisava voltar. Cheguei à casa no instante em que ele abria a porta e pendurava o casaco no hall. Tropecei no limiar da porta, Thomas me segurou e me ajudou a levantar. Me sacudi para tirar a chuva das roupas. Ele não perguntou o que tinha acontecido, mas esperou a minha explicação.

Aquele não era um reencontro feliz. Eu simplesmente havia me jogado para dentro de casa. Tudo estava molhado, porém não foi como chegar a um porto. Foi mais como estar em um navio à deriva. Não havia muitas semelhanças com aquilo que eu havia sentido no meu primeiro retorno. Não havia um sentimento de que enquanto houvesse uma casa para a qual voltar, enquanto Thomas estivesse lá e houvesse chá no bule e roupas quentes, enquanto essas coisas todas existissem, o tempo parado seria um problema passível de solução, um obstáculo que poderia ser vencido. Não era mais assim que eu me sentia. Caí para dentro de casa com um grito mudo de socorro, um tropeço no limiar da porta.

Já na sala, a primeira coisa que fiz foi ligar a calefação. Penduramos as nossas roupas, pegamos roupas secas, preparamos chá e nos acomodamos na sala aquecida, quando mais uma vez contei sobre a transformação ocorrida no tempo. Porém desde as minhas primeiras explicações, a dizer pela reação de Thomas, pelos olhares e respostas, eu percebi que nada era o mesmo. Nosso encontro foi molhado e desajeitado, e havia dias demais entre nós. Minhas explicações eram complicadas demais, havia um excesso de detalhes. Falei sobre o tempo em Clairon, sobre os nossos dias de névoa, sobre a minha transformação em outra, sobre a sensação de que o meu cérebro havia se transformado. Falei sobre Paris e sobre as estações. Falei sobre o frio da Sibéria e sistemas de freios. Falei sobre a neve que caía dos telhados em Bergen e cordeiros de Páscoa na Cornualha, sobre a minha casa e a escada que rangia, sobre pessoas e detalhes que me faziam pensar nele.

Falei sobre vidros romanos cheios de novembro. Disse que eu não conseguia manter as estações. Falei sobre o time local e o time visitante, sobre o ladrão na bicicleta, sobre a nespereira, sobre o Império Romano, que o tempo inteiro construía recipientes, recipientes cada vez mais fundos, no interior dos quais era possível se pôr de pé e observar o céu, mas não sair.

E por fim contei sobre Henry Dale, sobre o encontro, nossa vida como dois enfermos, pacientes e resignados. Falei sobre as nossas discussões. Disse que ele achava que os nossos dias parados em novembro revelavam todas as fissuras.

Contei que Henry tinha partido. Com saudade do filho. E que ele achava que eu devia voltar para Thomas. Falei sobre os nossos dias com frutas ao alcance da mão, com uma enorme variedade de sons que pareciam leves e amistosos, e que eu havia começado a seguir; contei que esses mesmos sons haviam me levado a cafés e concertos, a filósofos e sapatos, porém de uma hora para outra os sons haviam começado a parecer errados, porque no interior deles não havia nada além de saudade, e assim precisei voltar.

Thomas me escutou. Não sei se me escutou com paciência. Me parece mais que eu insisti que ele me ouvisse com paciência. Thomas disse que gostaria de aumentar a temperatura do termostato e acender a lareira. Estava inquieto. Queria cortar pão na cozinha, atravessar a casa com pão e queijo, partir um chocolate em quadradinhos e servi-los numa tigela, mas eu continuei. Me levantei para ajudar. Levei um bule de chá para a sala enquanto continuava a falar, e só parei quando cheguei à agência de correio, onde Thomas já não estava mais, à casa na Rue de l'Ermitage e às minhas andanças pelas ruas de Clairon.

Acho que Thomas precisa de tempo. Não sei se acreditou na minha história. Ele disse que estava cansado, e quando nos deitamos na cama fiquei ouvindo os barulhos da rua. Falamos sobre a chuva e o vento. Tentei me lembrar da sequência de sons, mas tudo havia ocorrido em outra época, quando eu ouvia o jardim e a casa.

Em vez disso falei sobre as fissuras. Perguntei se ele achava que o mundo estaria rachando ao nosso redor. Thomas disse que era difícil responder se aquilo seria uma falha nas próprias fundações ou apenas um pequeno movimento no material da construção. Ele falou sobre o livro de Jocelyn Miron, que tinha lido mais cedo naquele mesmo dia. Disse que tinha começado o quarto capítulo. Disse que nem sempre as pessoas sabem dizer se estão consertando uma coisa que já existe ou criando uma coisa nova.

Não entendi direito o que ele pretendia com isso, porque não li o livro, mas nós dois estávamos cansados, então eu disse que gostaria de ler o livro assim que ele terminasse.

Na manhã seguinte eu retomei a minha história. Quer dizer, acordei e a seguir o despertei cheia de alegria e contei uma versão simplificada de tudo o que eu havia dito na tarde anterior, e na manhã seguinte uma nova variação, com ainda menos detalhes, porém sempre eram muitas coisas a contar, e a própria contagem de dias tornava a distância entre nós imensa.

Logo que acordamos Thomas notou o meu cabelo. Eu não tinha pensado em comprimento nem em cortes de cabelo no trem rumo a Clairon, e na primeira tarde eu havia chegado em casa encharcada e desarrumada, de forma que as diferenças tinham sido afogadas pela chuva, mas pela manhã, antes mesmo que eu pudesse explicar minha presença, Thomas havia notado: meu cabelo estava mais comprido e com um aspecto diferente. Me apressei em ajeitá-lo com um prendedor, e quando nos levantamos peguei o mesmo vestido que eu estava usando ao voltar de Paris. Peguei uma jaqueta antiga no armário e logo em seguida fui ao salão de cabeleireiro habitual, a dois quarteirões da agência de correio. Tive a sorte de conseguir um horário à tarde, e enquanto Thomas ia ao correio eu fui cortar o cabelo.

O de sempre, eu pedi, e deu tudo certo. Foi como se ainda pudéssemos ver a Tara Selter de sempre assim que me sentei em frente ao espelho com uma capa nos ombros e os cabelos úmidos cuidadosamente penteados ao redor do rosto.

Quando terminei, fui me encontrar com Thomas no Café La Petite Échelle. Ele havia dado um passeio na floresta durante a minha visita ao salão de cabeleireiro, e naquele momento estávamos juntos enquanto o dia escurecia e a chuva começava a cair no lado de fora. Mais tarde, quando a chuva amainou, voltamos para casa sem guarda-chuva. Andamos pelas ruas e paramos no recuo de um portão quando uma nuvem mais forte se aproximou, mas chegamos em casa pouco molhados e com a sensação de estarmos juntos, ou pelo menos foi isso o que dissemos um ao outro ainda no portão. Que estávamos juntos nos abrigando da chuva. Estávamos com frio, então nos abraçamos e em pouco tempo houve mais uma pausa na chuva.

À tarde tentei convencer Thomas a repetir a ideia de que o tempo poderia se reparar por conta própria. Na primeira tarde que passamos juntos no dia dezoito, Thomas disse que o tempo sempre tentaria voltar ao eterno movimento à frente. Essa ideia estava ligada a deslocamentos naturais da existência, mas o tempo sempre acabaria por realinhar-se, os dias retornariam ao normal e o futuro voltaria a existir. Esse tipo de coisa. Mas acima de tudo falamos sobre o passado.

Nos dias a seguir tentamos cultivar a esperança de um retorno ao tempo normal, porém mesmo que ele tenha aceitado o meu relato sobre o dezoito de novembro sem fazer muitos questionamentos, não havia muita esperança a ser cultivada. Dei as minhas deixas à espera de ouvir a insistência na possibilidade de uma reparação, de uma saída, de uma normalidade súbita, mas nada disso aconteceu. Não sei se foi a minha própria esperança que desapareceu, se foi a minha voz que se alterou.

Talvez se eu mesma acreditasse em rupturas no tempo, em saltos surpreendentes capazes de nos pôr novamente nos trilhos, a situação fosse outra. Se ainda me restasse um pouco que fosse de esperança, eu conseguiria transmiti-la a ele, para assim recebê-la de volta, ainda que eu mesma tivesse as minhas dúvidas. Uma esperança a compartilhar, um fio ao qual se agarrar, porém nenhum de nós acreditava nesse tipo de milagre. Meus inúmeros dias no dezoito de novembro haviam feito com que a ideia parecesse altamente improvável. Em vez disso passamos a aceitar os dias da forma como se apresentavam. Eu com a longa sequência de dezoitos de novembro às minhas costas, como a cauda de um dragão, Thomas com uma nova explicação a cada novo dia, cada vez mais simples — uma versão polida e rematada na qual restavam apenas as verdades mais elementares.

Não havia dias desagradáveis. Gostávamos da companhia um do outro. Saíamos para dar passeios e fazíamos amor no tapete da sala ou então na cama. Havia dias e noites com longas conversas, leves colisões, encontros amistosos. Não sei se eu me sentia amada, eu me sentia desejada, tocada, mas as coisas não eram mais como antes. Já não éramos uma orquestra quando estávamos na cama com a luz cinzenta da manhã na cortina, já não éramos uma parelha de cavalos em caminhos esburacados, já não éramos gêmeos siameses nem amantes num panorama enevoado nem dois rios que passavam a correr juntos. O berço da cultura. Talvez nunca tivéssemos sido nada disso. Talvez eu tenha me enganado. Pelo menos era assim que parecia, como se cada um de nós tivesse seu próprio mundo, Thomas com a casa em Clairon e os pacotes e as idas ao correio, eu com todos os meus dias, meus sons e o mar da história, repleto de objetos do passado.

Éramos como um casal de amantes que tentava se encontrar num terreno acidentado demais. Perdíamos de vista um ao outro, seguíamos por caminhos diferentes, sumíamos por trás de uma crista ou de pequenos arbustos, lutávamos contra o excesso de estofamento, contra anáguas e corseletes e jaquetas apertadas demais no final do século XVII, um casal da burguesia que estava nas montanhas com um grupo de conhecidos da família, e naquele instante cada um de nós estava numa parte diferente do cenário, com o próprio mundo ao redor, tentando acenar para o outro a uma distância grande demais com um lenço bordado. Ou dois. Pouco adiantava que as iniciais bordadas fossem as mesmas: em outra época o meu nome também fora outro.

Pela manhã contava a Thomas o que tinha acontecido. À noite me deitava para dormir ao lado dele. De vez em quando eu acordava de madrugada e ficava olhando para Thomas enquanto ele dormia. Para a mão dele, ao lado do travesseiro, apenas como um contorno na penumbra. Para o ombro que saía do edredom quando ele se virava um pouco. Para as linhas difusas do rosto adormecido.

Eu sabia o que ia acontecer muito em breve. O apagamento estava a caminho. Eu sabia que as lembranças de Thomas em relação ao nosso dezoito de novembro estavam sumindo. Mecanismos desconhecidos estavam prestes a acabar com todas as memórias do dia, e a despeito do que fizesse eu tornaria a ver a inquietude naquele rosto quando ele acordasse, a confusão pela manhã, quando eu falasse sobre o que tinha acontecido.

Às vezes, quando terminava as explicações, eu convidava Thomas para viajar comigo. Pedia que me acompanhasse a Paris, para fazer uma visita a Philip e Marie. Eles acreditariam em nós se chegássemos juntos. Tentariam nos ajudar. Ou então podíamos fazer outra viagem. Para onde ele quisesse. Para longe da chuva. Podíamos viajar rumo ao norte ou rumo ao sul, rumo ao leste ou rumo ao oeste. Podíamos viajar através das estações, se ele assim quisesse.

Contei sobre os encontros de Henry com Martha Atlings, expliquei que não eram muito agradáveis, porém conosco era diferente. Thomas não se mostrava tão irrequieto ao despertar, ou pelo menos era o que me parecia.

Eu disse que logo estaria na hora de me encontrar mais uma vez com Henry D. Que eu tinha prometido manter contato. Eu precisava voltar a Düsseldorf ou dar um jeito para que o meu telefone funcionasse. Eu disse que Thomas gostaria dele e falei sobre o apartamento em Düsseldorf, sobre o tempo, sobre a nespereira, sobre o sol no pátio, sobre a jaula dourada. Acho que ele gostaria de tudo aquilo. Ou então podíamos ir aos Estados Unidos encontrar Henry por lá. Em Ithaca. Assim Thomas poderia ouvir a história contada pelo próprio Henry, para que não ficasse apenas com a minha versão. Talvez pudéssemos chegar mais perto de uma explicação, de uma saída. Talvez ajudasse. Ou então ele podia encarar tudo aquilo como entretenimento, como uma visita ao circo absurdo do tempo. Todas as manhãs eu o levaria para andar na montanha-russa, na roda-gigante, no carrossel e na sala dos espelhos. Poderíamos nos divertir com um tempo que não conseguia sustentar a si mesmo. Thomas hesitou. Disse que gostaria de pensar melhor. Talvez quisesse ir junto. Mas eu sabia que não. Ele queria que o dia passasse. E se eu perguntasse ao fim de um longo dia, se dissesse que podíamos tomar o trem seguinte, ele dizia sempre a mesma coisa. Ele queria que a noite passasse, queria pensar melhor, dar um tempo. Queria ver o que a manhã traria. Talvez fôssemos pensar com mais clareza pela manhã.

Houve uma manhã em que eu estava ao lado de Thomas quando ele acordou. Eu tinha colocado as roupas dele numa mochila, não era muita coisa, apenas o bastante para dois ou três dias. Estava pronta, com a minha bolsa a postos no hall. Pedi a ele que me ouvisse com atenção e me acompanhasse. Contei o que tinha acontecido. Eu não estava pedindo demais. Bastaria que ele se vestisse e eu me encarregaria de todo o resto.

Thomas achou que a minha exigência não era razoável. Uma ideia como essa não podia vir sem aviso. Ele não queria viajar. Não queria acordar todos os dias num lugar estranho pedindo explicações.

Eu disse que poderia ajudá-lo a começar o dia. Que poderia segurar a mão dele. Eu arranjaria a cama mais confortável, o melhor café da manhã. Todas as manhãs eu o acordaria e contaria toda a história. Cheia de alegria, com todas as explicações na ponta da língua. Enfrentaríamos tudo com um sorriso no rosto, um grão de sal, um braço doído, enfrentaríamos tudo como homem, mulher, com diferentes humores, dança, fru-fru de saias, a toda a velocidade.

Ou então de forma discreta. Eu o acordaria de mansinho. Me aconchegaria no corpo dele e contaria tudo aos sussurros, até que ele se sentisse tranquilo e disposto a me acompanhar durante o dia. Eu queria acordar cedo ao lado dele, queria me parecer comigo mesma ao máximo, queria dizer a ele que não se assustasse. Que o tempo simplesmente havia se estilhaçado. Ninguém havia se ferido nem morrido. Esse tipo de coisa.

Eu disse que podíamos fazer como ele preferisse. Podíamos ter manhãs tranquilas ou noites animadas no carrossel do tempo. Podíamos ter manhãs animadas e noites tranquilas no recipiente do tempo. Podíamos ter estações, manhãs brancas com neve, dias verdes de primavera, entardeceres laranja de outono, madrugadas pretas repletas de estrelas e sons estranhos. O murmúrio do mar ao longe.

Não sei por que insisti. Eu sabia muito bem que Thomas não queria. Mesmo assim, tentei. Mas ele não quis aproveitar a chance, e as minhas tentativas não deram nenhum resultado. Ele achava que era preciso dar tempo ao tempo.

Às vezes eu tentava surpreendê-lo no limiar de uma alegria. Nossos olhares de repente se encontravam no espelho enquanto escovávamos os dentes no banheiro, ambos com a boca cheia de espuma, ou então quando um de nós fazia um gesto meio atrapalhado, tropeçando na calçada a caminho do supermercado, derrubando uma maçã que estava na mesa da cozinha, e assim provocava uma risada ou um sorriso passageiro, nós dois tentávamos nos aferrar a esse pequeno acontecimento e apoiar um ao outro na tentativa.

E então eu perguntava. Será que ele não gostaria de continuar tropeçando comigo? Mas ele não queria me acompanhar na viagem. Estávamos presos em nossos dias. Em nossas manhãs intranquilas. Comecei a mentir. Eu subia ao quarto com uma bandeja de café. Dizia que tinha chegado durante a madrugada, que estava com saudade e tinha me decidido a voltar para ele em vez de ficar em Paris. Eu notava o quanto aquilo soava errado, e na manhã seguinte contava uma mentira diferente, e depois outra. Eu havia voltado porque tinha me esquecido de um atendimento marcado para o dia dezenove no banco em Clairon. Havia voltado por não ter encontrado Philip Maurel em casa, ou então porque Nami Charet tinha cancelado o nosso encontro. Havia voltado porque tinha sentido um mal-estar repentino, porque tinha vivenciado um episódio desagradável, porque não gostava da atmosfera em Paris, porque sentia medo, o risco de ataques terroristas estava muito alto, eu tinha ouvido rumores sobre incêndios criminosos no bairro ou então sobre uma série de intoxicações pela comida do hotel. Eu evitava falar sobre quaisquer situações concretas que pudessem ser noticiadas pela mídia, porque essas seriam facilmente encontráveis. Eram sempre rumores e pressentimentos fortes o bastante para terem me obrigado a fazer a viagem de volta, e Thomas me deixava mentir. Ele me conhecia bem o suficiente para saber que as razões alegadas por mim não eram tudo. Que havia mais. Mas não fazia perguntas. Thomas não estava acostumado a ouvir mentiras de mim.

Havia manhãs em que eu contava a verdade. Vivíamos com aquilo pelo restante do dia, e na manhã seguinte eu tornava a mentir. Não sei o que era melhor. Mentir parecia insuportável, e eu percebia que a preocupação de Thomas aumentava a cada novo detalhe.

Eu transformava o humor dele todas as manhãs. Deixava-o intranquilo se mentisse e o deixava preocupado se contasse a verdade. Uma contração nos lábios. O olhar dardejante. Eu tornava o dia melancólico para Thomas. Como podia fazer aquilo? A questão era que podia. Não, não podia. Não mais.

Passei sessenta e sete dias com Thomas. Depois voltei aqui para o cômodo que dá para o pátio e para a pilha de lenha.

#1544

Ontem conversei com Henry D. Dois dias antes do nosso encontro. Ou antes do nosso encontro planejado. Eu tinha prometido deixar o telefone a postos, mas naquela ocasião o aparelho não pôde ser consertado, então anteontem comprei um novo. Não foi possível ativar o meu número de Düsseldorf, mas consegui recuperar meu número original. Não foi difícil, tudo ficou pronto na hora, e assim que saí da loja eu liguei para Henry. Ele ainda estava nos Estados Unidos. Contei que estava em Clairon-sous-Bois, e que o número que ele tinha não funcionava mais. O número dele continuava funcionando, mas ele compreendeu o problema. Se o telefone dele parasse de funcionar, ele também não conseguiria recuperar o número nos Estados Unidos, e assim perderíamos contato. Henry disse que providenciaria um telefone adicional e hoje mesmo ligaria para meu novo número. Quando ambos nos certificamos de que tínhamos o número um do outro anotado em um lugar seguro, ele me disse que passaria um pouco mais de tempo nos Estados Unidos. Mas na próxima vez faria a viagem de volta a Düsseldorf. Daqui a cem dias.

Eu disse que não sabia o que fazer. Os sons em Düsseldorf pareciam errados. Repletos de saudade. Eu tinha ido a Clairon, mas naquele momento estava de volta ao quarto de hóspedes, escutando. Eu disse que havia recuperado os meus sons, mas não Thomas.

Henry claramente não sabia o que dizer. Sugeriu que eu desse tempo ao tempo. Talvez haja mais sons do que você imagina, disse Henry. Perguntei o que ele queria dizer com aquilo, mas a ligação estava ruim, então ouvi apenas o eco da minha própria voz e depois não conseguimos mais escutar um ao outro. Não sei de que adiantaria, mas Henry disse que estava feliz de ver o filho. E de estar em Ithaca. Talvez eu pudesse lhe fazer uma visita.

#1552

Hoje é o dia dezoito de novembro. Me acostumei à ideia. Mas não consigo me acostumar aos sons. São os sons de tudo o que perdi. Não posso me acostumar à perda de Thomas, à perda do corpo dele, que anda pela casa fazendo barulhos.

De vez em quando sou tomada por um sentimento de pânico. Me sinto presa no cômodo, disposta a fugir. Ouço o vento, mas não há nenhuma tempestade a caminho, o vento aumenta e diminui a velocidade, mas não vai a lugar nenhum. Ouço a chuva quando começa a tamborilar no telhado, e depois ouço quando para. Sinto vontade de fugir desse dia, mas não há fuga possível.

Noto o pânico que me visita no quarto. Ele começa a se movimentar, porém nada acontece. O pânico chega. Corre pelo interior do cômodo. Anda de um lado para o outro, como se estivesse à procura de um lugar para se acomodar, mas não pode fazer nada, é como se tivesse vindo em vão, nada acontece, tudo para. E então o pânico some, corre gramado afora, talvez, ou então sai por debaixo da porta. Está à procura de alguma coisa com a qual possa brincar, corre pelo gramado nessa busca, mas nada acontece. O pânico se afunda na grama, entra na casa, porém não chega muito longe, e então desiste, se desfaz no hall ou então na escada.

#1555
Aqui não há lugar para o pânico, disso eu tenho certeza. É fácil me pôr de pé e fazer outra coisa. Posso me levantar a qualquer momento e ir ao encontro de Thomas. Posso interromper os barulhos dele. Posso fazer cessar o rumor da água no encanamento, desligar a chaleira e impedir que a água ferva, parar os movimentos de Thomas, posso impedir que a xícara seja posta em cima do pires. No entanto, sei que tudo o que faço é em vão, e que em pouco tempo devo voltar ao cômodo.

Não posso viver com essa distância entre nós. Não posso viver com os sons. Tenho saudade de Thomas, mesmo que ele esteja do outro lado da parede. Tenho saudade do corpo dele, que põe as coisas em movimento por meio dos sons. Tenho saudade das coisas que fazem os sons. Tenho saudade das xícaras e dos armários, tenho saudade do pacote de onde ele tira o chá, das colheres na gaveta, das cadeiras, da porta da geladeira que bate no canto da mesa. Tenho saudade da esferográfica que cai no chão.

Mas não posso alcançá-la, porque apenas os sons chegam até aqui, e mesmo assim não trazem consigo nenhuma esperança. O que chega são apenas resquícios daquilo que eu perdi. Apenas os restos.

#1557
Penso em tudo o que não tenho. Penso no inverno e na primavera e no verão, que nunca chegam. Na escada, que não faz os

rangidos do verão. Nos sons. No pouco que chega aqui dentro. No pouco que os sons trazem junto quando chegam.

No pátio eu vejo o outono, as maçãs no pé, as fileiras de acelga e alho-poró, mas quando olho para a macieira vejo apenas a ausência: faltam os galhos com o gelo do inverno, faltam as flores da primavera, faltam as folhas viçosas. Faltam os ruibarbos e os morangos e os cravinhos-do-mato do velho Selter. Faltam os botões de rosa que o velho Selter mostrou-nos no mesmo dia em que disse que Thomas herdaria a casa. A roseira libertada pelo vento. Logo tornamos a amarrá-la, e ela ainda está lá, porém já não aponta mais para a felicidade ou a perpetuidade: no máximo aponta para a perda.

Recuperei os sons, mas há também o som da falta. Às vezes penso que esse é o menor barulho que existe. O rumor da ausência. Um pouco de lixo que acaba entrando aqui. As cascas daquilo que em outra época foi música.

Penso em tudo o que haveria de ser, porém não há mais de ser. Tudo já está aqui. A imagem está pronta. Posso vê-la. É uma imagem da perda.

#1560

Será mesmo verdade? Que os sons não passam de cascas vazias? Que tudo são apenas restos daquilo que foi perdido?

Será que as notas de um cello são apenas as cascas vazias de um instrumento? Será que a música não é mais do que lixo que paira no ar? E os cheiros do pátio numa tarde de verão? Seriam apenas as sobras dos canteiros? Será que o perfume da roseira é feito apenas de restos?

E as estrelas? Será que as luzes no céu não são meras porções de restos celestiais? Será que os sons na escuridão da noite são cascas vazias? Não, penso eu, tudo soa como um punhado de sobras deixadas pelo dia do meu amado. Tudo soa como restos, movimentos perdidos, expectativas abandonadas. Mas sigo escutando, e parece haver mais nos sons. Detalhes que eu não havia percebido antes. Sons que nunca tinha notado. E por trás dos sons existem outros sons. Aquilo que posso ouvir aqui dentro conta a história de sons que nunca chegam. A água que enche a chaleira, o som do pacote de chá. Tudo o que acontece lá dentro esconde sons para além dos que chegam até mim. Sons que eu conheço, porque estive lá. O roçar das folhas de chá. O cheiro.

Não são apenas os restos de uma perda, nem a promessa de um acontecimento futuro. É a promessa de uma coisa que está acontecendo nesse exato momento. Quando penso no que não estou ouvindo, nem tudo é uma perda. Há coisas a serem descobertas por trás de cascas vazias, coisas que estão lá dentro, na imagem há tempos concluída.

Penso em tudo o que está acontecendo. Tudo o que deve ser. Um edredom puxado para o lado, o som macio de plumas e tecido. Uma gaveta que se abre, madeira que desliza sobre madeira. Roupas molhadas postas para secar. Roupas secas retiradas de gavetas. Se os barulhos fossem mais intensos eu ouviria tudo. Se eu estivesse mais perto. O mundo cresce. Expande-se a partir do centro.

E Thomas anda pela casa. O fazedor de todos esses sons. E as coisas que leva a fazer barulho. O criador de sons. A fonte de todos os sons. Thomas anda pela casa e o dia dele passa mais uma vez. E outra. Ele anda de um lado para o outro, toca nas origens dos sons. Faz com que cresçam. Os movimentos dele explodem em detalhes de som. Não os ouço, mas assim mesmo sei. E há outros.

Remexo o lixo de Thomas.

#1583
Cheguei mais perto. Encontrei as tábuas silenciosas, encontrei as discretas meias de lã numa gaveta. Encontrei óleo no depósito e fiz com que a maçaneta do quarto de hóspedes parasse de ranger. Posso abrir a porta sem fazer som algum, e atravessar o hall e chegar até a escada sem tocar a parede, e sem que meus passos façam nenhum barulho.

Surgiram novos sons. A esferográfica que cai no chão faz mais barulho do que antes, porque rola pelo tampo da mesa do escritório de modo quase inaudível antes de cair. A esferográfica cai porque, ao sentar-se, Thomas bate de leve na escrivaninha. Consigo ouvir as rodinhas da cadeira quando batem contra o pé da mesa, e a seguir a esferográfica que rola e cai. São muitos os sons que se reúnem no instante em que a caneta bate no chão, mas apenas o último chega até o cômodo abaixo do nosso quarto. Até onde estou. Eu, a escutadora de sons. É preciso buscar a maioria dos sons. É preciso buscá-los no alto da escada silenciosa. Apurar o ouvido e respirar com todo o cuidado. E tornar a descer com todo o cuidado.

Agora há mais sons na minha imagem. Já fui até a escada e fiquei escutando enquanto Thomas estava no escritório. Já o ouvi cantar no banho. O ruído da água escondeu o som dos meus passos, e quando cheguei ao patamar da escada e tentei ouvir em meio ao rumor do chuveiro notei que ele cantarolava enquanto a água caía. Ouvi palavras ditas aqui e acolá, a princípio um simples balbuciar, porém logo veio o canto propriamente dito: eram sons facilmente perceptíveis para uma pessoa no alto da escada, porém abafados pelo murmúrio do encanamento para quem o ouvia do cômodo no andar de baixo.

Para mim foi uma transformação. Até hoje eu não tinha ouvido nada além do rumor no encanamento, de um gotejar no ralo durante o banho de Thomas. Eu já tinha ouvido os sussurros que os movimentos dele fazem pela casa. A mão ou o braço que roça uma parede. O xixi, a água e a pasta de dente que escorrem pelo encanamento. Os passos no assoalho antes que ele pegue no sono. Mas agora eu o ouvi cantar. Tenho a impressão de que Thomas está de bom humor.

São muitos os esconderijos possíveis para quem anda em silêncio de um lado para o outro. Me esgueiro pela casa e cometo pequenos roubos. Entro na cozinha enquanto Thomas imprime etiquetas no escritório do segundo andar. Encontro um pacote farfalhante no armário. Sigo um zumbido no corredor e encontro uma mosca. É mais do que nada. Um pouco mais.

Do hall, ouço os barulhos na escada. Posso entrar discretamente no quarto de casal, onde as roupas dele estão separadas entre usadas e limpas, e sei o que ele vai escolher: a camisa xadrez vermelha e cinza com detalhes em preto. É a camisa que Thomas usava quando me despedi no dia dezessete, aquela camisa ainda pode ser usada por mais um dia, e Thomas veste uma camiseta branca por baixo, porque está frio na casa. Lá está a camisa, com listras cinza e pretas. Ele já a tirou da gaveta e naquele momento ela está pendurada numa cadeira. Não foi ele quem a comprou, a camisa foi um presente de Natal da mãe de Thomas, e eu só o vi usá-la em duas ou três ocasiões, não mais do que isso. Sei que ele veste a calça jeans puída ao menos na primeira metade do dia, porque mais tarde já a vi pendurada para secar no banheiro.

No armário há outras camisas, porém não muitas, porque esse não é o tipo de coisa com que Thomas se ocupa. No fundo do armário está um terno que Thomas não veste desde o funeral do avô. Não sei por que de repente ele resolveu que precisava de um terno para ir ao funeral. Talvez fosse um gesto para agradar o velho Selter.

Me recolho. Sei quando Thomas fecha a torneira, e já estou de volta ao cômodo quando acontece. Sei quando posso me aproximar e quando devo me afastar. Posso ser seu público.

Thomas no palco. Os itens cenográficos na cozinha. Os figurinos no armário.

#1592

Entrei no quarto durante a madrugada. Vi Thomas dormindo. Não havia nada de estranho. Ele simplesmente estava dormindo. Thomas dorme sozinho numa cama de casal. Há um espaço vazio ao lado dele. A cama foi arrumada para dois, mas a outra pessoa não apareceu.

Fui eu que me transformei em outra. Estou sentada no cômodo que dá para o pátio e para a pilha de lenha, mas às vezes me levanto para observar Thomas enquanto ele dorme. Thomas dorme com seus pequenos sons, quase em silêncio, enquanto permaneço imóvel ao lado da porta, respirando, e antes que ele acorde eu desço com passos cuidadosos.

Talvez ainda sejamos música?

#1611

Mas, se ainda somos música, somos uma música imprevisível. Surgem improvisações, timbres estranhos e notas inesperadas. Longas pausas e sons repentinos.

Meus dias são porosos. Não sigo nenhum padrão. Abro portas e torno a fechá-las. Entre uma coisa e outra, sento-me em frente à escrivaninha para escrever, porém minha linguagem transborda. Não há nada de curativo nas frases, elas desmoronam, são rosas e restos, anotações soltas que se enrolam e desaparecem. São janelas abertas, passarinhos sem pão, rotinas desaparecidas.

Minhas compras são esporádicas. Entro e saio da casa. Tiro a caixa de mantimentos de debaixo da minha cama e encontro comidas que não recordo ter comprado. Pego latas na cozinha, busco alho-poró no pátio e cebola na despensa, compro mercadorias aleatórias em minhas breves idas à cidade. Meus dias são confusos, indecisos. Saio pela janela ou me esgueiro discretamente por uma das portas. Dou a volta na casa depressa, enquanto Thomas desce a escada. Em dois ou três segundos já não estou mais por lá.

Às vezes sigo Thomas quando ele sai de casa. Estive na floresta, fui apanhada pela chuva e também voltei encharcada. De vez em quando espio pelas janelas à noite, enquanto Thomas lê. Me abaixo, me escondo atrás de um vaso de plantas ou atrás do busto que o velho Selter colocou no parapeito da janela. Troco o dia pela noite, e uma dessas madrugadas eu passei no depósito, acomodada nas almofadas dos móveis de jardim e enrolada em velhos cobertores.

Certa inquietação surgiu no meu dia. Surgiram novos padrões e trajetos inesperados pelos espaços da casa. Surgiram cômodos abertos e portas silenciosas naquilo que em outra época era um dia organizado. Surgiram noites em claro, sonolências repentinas, manhãs de cansaço e dias sem padrões. Saio ao gramado durante a madrugada, sozinha, sem telescópio e sem esperança. Fico parada no gramado. Sob as estrelas, o luar, os restos celestiais.

#1652

Ontem à tarde, poucos minutos depois que Thomas saiu com os pacotes e as correspondências, ouvi uma batida na janela do cômodo. Eu estava de costas para a janela e tinha acabado de calçar as minhas botas quando ouvi aquele som estranho. Precisava ir às compras, mas não sabia o que comprar nem onde. Meus dias haviam se tornado indecisos, porque há tempos não sigo mais o ritmo de Thomas. Talvez os resquícios de um hábito tivessem me levado a calçar as botas quando Thomas saiu, mas eu não sabia como dar continuidade àquilo, não tinha plano nenhum, apenas um sentimento de fome e uma caixa de mantimentos com latas que eu não tinha vontade alguma de abrir.

A princípio imaginei que um passarinho houvesse se chocado contra a janela. Mas seria impossível, porque o dezoito de novembro não tem nenhum pássaro imprevisível que de repente voa contra uma vidraça, ou pelo menos acho que não, mas não pensei nisso. Fui até a janela, abri e olhei para fora. Corri o olhar pela lateral da casa, mas não havia nenhum pássaro ferido nem sinal de qualquer outra coisa que tivesse tocado a janela.

Pensei que talvez Thomas houvesse me descoberto. Que eu podia ter feito barulho na hora em que ele saiu, e assim ele teria me ouvido e voltado até a janela. No mesmo instante pensei em Henry Dale. Será que ele teria vindo a Clairon? Henry D. era o único fator imprevisível, e ele tinha o endereço da casa. Ao pensar nessa possibilidade, tive a impressão de que podia ter me esquecido de alguma coisa. Fiquei em dúvida em relação aos dias e comecei a revirar os meus papéis, mas não encontrei nada além daquilo que tinha escrito no dia #1621 em uma folha de papel e a seguir uma sequência de riscos, como se eu houvesse tentado capturar dias em que não tinha escrito nada.

Mais uma vez o meu telefone havia parado de funcionar, e eu andava tão atarefada com as minhas andanças pela casa e com a exploração dos meus dias bagunçados que acabei me esquecendo de tudo. Naquele instante pensei que Henry podia ter voltado à Europa e ido a Clairon, mas não cheguei a levar o pensamento adiante, porque logo ouvi uma segunda batida mais forte. Dessa vez a batida se fez ouvir na porta da rua. Saí às pressas do cômodo, certa de que só podia ser Henry D.

Quando abri a porta vi uma jovem de cabelos escuros, não muito alta, com uma bolsa pendurada no ombro. Ela se desculpou pelo incômodo. Disse que tinha batido na janela, mas pensou que certamente eu me assustaria ao ver uma pessoa olhando para dentro de casa, e assim decidiu ir até a porta. Eu disse que tinha me assustado com a batida na janela, mas quem era ela? A princípio achei que tinha sido um passarinho.

O nome dela era Olga Periti. Ela não era um passarinho. Olga também estava presa no dezoito de novembro. E disse que precisava da minha ajuda. Ela falou comigo em inglês. Perguntou se eu era Tara Selter, e também que idioma eu preferia falar.

Eu disse que era eu mesma e que podia falar inglês sem nenhum problema. Convidei-a para entrar. Mostrei-lhe o cômodo e a convidei para sentar na cadeira da minha escrivaninha. Coloquei uma chaleira no fogo, busquei uma xícara extra na cozinha e peguei dois envelopes de chá.

Enquanto preparava o chá, contei a Olga sobre Thomas e sobre os meus dias caóticos. Contei sobre os sons no cômodo e os sons na casa. Ela já tinha ouvido a minha história ser contada por Henry Dale. Os dois haviam se conhecido em Colônia. Olga correu os olhos ao redor. Tinha imaginado um lugar diferente, segundo me disse. Mas não saberia dizer como.

Em vez disso Olga me contou a respeito de seu dezoito de novembro, ou pelo menos me ofereceu fragmentos daquilo que era seu dezoito de novembro, e então fomos à sala, onde ela se acomodou na beira de uma poltrona, como se já estivesse prestes a partir. Tinha parado de chover havia um bom tempo, e a luz cinzenta do céu entrava para logo ser dissipada pelo sol do outono, que projetava quadrados de luz através das janelas e em cima do tapete.

Olga Periti foi direto ao assunto: o que a levara a buscar minha ajuda. A questão, segundo me explicou, era que ela tinha encontrado Henry Dale na busca por outra pessoa, um homem chamado Ralf Kern, que ela tinha conhecido muito tempo atrás e que neste momento estava desaparecido.

Ralf estava — assim como ela própria, Henry D. e eu — preso no dezoito de novembro. Olga e Ralf haviam se encontrado em Bremen. Os dois tinham viajado juntos, mas neste momento ele estava desaparecido. Olga queria encontrá-lo. Era um desejo antigo, porque Ralf já estava desaparecido fazia um bom tempo. Ela o havia procurado em todos os lugares onde imaginava ser possível encontrá-lo, e nessa busca conheceu Henry D. na estação de Colônia, onde todos os dias sentava-se na esperança de avistar Ralf Kern.

Henry estava trocando de trem em Colônia e tinha ido comprar pão de passas num quiosque não muito longe do lugar onde Olga P. estava sentada. Ele tinha surgido num momento em que geralmente não havia nenhum cliente por lá, e no mesmo instante em que percebeu essa quebra no padrão fixo da estação, ou no instante seguinte, quando notou que aquele homem não era Ralf K., Olga teve a certeza de que ela e Ralf não podiam ser os únicos presos no dezoito de novembro.

A atendente que vendia os pães de passas tinha acabado de pôr uma plaquinha em cima do balcão e saído por uns minutos. A cena se repetia todos os dias, sempre no mesmo horário, e nunca havia clientes nesse breve intervalo. Mas de repente aquela nova figura havia se postado em frente ao balcão. Henry passou um instante lá, sem fazer nada, porém logo começou a olhar ao redor para descobrir se a atendente estaria a caminho. Olga havia se levantado, porém mesmo assim manteve distância, porque claramente o homem não era Ralf. Era um pouco mais velho, com o cabelo diferente. Nesse meio-tempo a atendente voltou, e Olga se aproximou um pouco mais e ficou observando o recém-chegado a poucos metros de distância. O homem comprou dois pães de passas e foi conferir um painel com os horários das partidas. Olga o seguiu quando ele se afastou do quiosque levando os pães num saco de papel.

Em seguida o alcançou e já de cara perguntou se por acaso ele não estava preso no dezoito de novembro. O homem respondeu que estava. Ao ouvir a resposta, Olga perguntou qual era o nome dele. O nome dele era Henry Dale.

Ele disse estar disposto a ajudar Olga a encontrar Ralf Kern. Isso não foi a resposta à terceira pergunta que ela fez, porém Olga disse que os dois haviam trocado poucas frases quando ela pediu ajuda. Henry explicou que não estava sozinho. Ou melhor, naquele momento estava, porém conhecia outra pessoa que vivia presa no tempo. Você, disse Olga.

Os dois tinham ido juntos a Düsseldorf, onde Henry esperava me encontrar, porém eu não estava lá e tampouco apareci nos dias a seguir. Ele havia tentado ligar para mim, mas não houve nenhum contato. Henry pensou que eu ainda devia estar em Clairon, e assim deu o endereço a Olga. Ele continuaria à minha espera em Düsseldorf. E naquele momento ela estava aqui. Queria ajuda na busca. E pediu que eu contatasse Henry D.

Eu disse que gostaria de ajudar. Contei que a minha vida tinha estado uma bagunça nos últimos tempos. Eu havia perdido a visão do todo. Meus dias eram cheios de inquietações, e eu tinha parado de contá-los. Isso nunca tinha acontecido. Não sei como a minha vida podia estar tão bagunçada enquanto tudo ao meu redor permanecia igual, mas era o que tinha acontecido. Às vezes eu me esquecia das coisas mais simples. Me esquecia de fazer as refeições, me esquecia de ir ao banheiro na hora certa e aí precisava sair pela janela. Eu me esquecia de dormir e de calçar as botas para sair. E de repente me via de pés descalços no gramado, eu disse.

Olga me entregou o celular dela. Estávamos sentadas na sala, e já havia começado a escurecer. As nuvens começavam a se fechar, e de repente me lembrei de que logo Thomas estaria de volta. Me levantei depressa e comecei a arrumar tudo ao nosso redor, mas logo eu não soube mais o que fazer. Será que deveríamos permanecer lá e contar tudo a Thomas? Será que ele ajudaria Olga Periti? Será que deveríamos esperar?

Hesitei por um tempo, e no fim disse a Olga que precisávamos sair de lá. Lavei nossas xícaras às pressas, arrumei a sala e apaguei nossos resquícios. Enfiei mudas de roupa e meus papéis numa bolsa. Tirei a caixa de mantimentos de debaixo da cama e a entreguei para Olga, que a segurou enquanto eu pegava a jaqueta e a sombrinha que estava num canto do cômodo. Eu estava sentada, com as botas calçadas, e naquele instante me lembrei de que eu estava prestes a sair quando ouvi a batida na janela. Certifiquei-me de que as luzes estavam todas apagadas no cômodo e liguei a calefação da sala para que a casa não estivesse muito fria quando Thomas chegasse encharcado dali a pouco. No hall, passei um tempo procurando o guarda-chuva, que devia estar em casa, já que Thomas havia se esquecido de pegá-lo ao sair para o correio, mas não o encontrei e assim tivemos que nos dar por satisfeitas apenas com a sombrinha. Conferi se a porta dos fundos estava trancada enquanto Olga saía depressa pela porta da frente, carregando a minha caixa e a bolsa dela. Tranquei a porta e abri a sombrinha assim que a chuva apertou de verdade.

E assim corremos em direção à Rue de l'Ermitage com bolsas, uma caixa e uma sombrinha, que tentávamos dividir. Quando chegamos à casa, comecei a procurar a chave na minha bolsa, porém Olga abriu a porta, que eu devia ter me esquecido de trancar quando saí correndo em meio à chuva, e entramos às pressas enquanto ela ria da minha insistência em trancar portas que eu sabia que não seriam abertas por ninguém.

A casa estava fria. Na mesa da cozinha havia uma xícara com restos de café e um pequeno círculo de mofo, e no meio do recinto havia uma sacola de compras que eu havia deixado por lá. Na sacola havia café, dois tipos diferentes de pão crocante e tomates, que ainda estavam frescos. A cozinha era fria, mas não sei se foi o frio ou a ausência de tempo que havia conservado os tomates. Olga se impressionou ao saber que a sacola tinha permanecido na casa mesmo depois que eu havia saído de lá. Disse que às vezes precisava dormir com as compras na cama para ter certeza de que ainda estariam com ela no dia seguinte.

Peguei o aquecedor e o levei até a sala, e em pouco tempo a casa já estava um pouco menos fria. Pegamos cobertores e edredons e nos sentamos no sofá da sala. Enquanto conversávamos, notamos que estávamos com fome. Olga tinha passado o dia inteiro sem comer. Disse que seria capaz de comer uma *fucking* vaca inteira, ou um cavalo, e eu já estava com fome antes mesmo que ela aparecesse.

O conteúdo da minha caixa de mantimentos era uma mistura de comidas enlatadas, biscoitos e dois potes de queijo cremoso. Além disso tínhamos três pacotes de café embalado a vácuo que eu havia comprado em promoção ainda em Lille, tínhamos pão crocante e tomates, e assim pudemos improvisar uma estranha refeição. Nosso jantar foi pão crocante, coxas de pato confitadas e uma lata de milho. *Fucking* milho enlatado, disse Olga, mas assim mesmo ela comeu.

Tenho certeza de que havia mais coisas na sacola que eu tinha deixado no chão da cozinha, mas eu não conseguia me lembrar de nada que houvesse sumido. É assim mesmo, disse Olga. As coisas desaparecem. É, pensei, as coisas *fucking* desaparecem, mas eu não disse nada em voz alta. Tenho certeza de que Olga entenderia como um deboche.

Mas não era nada disso. Havia tão pouca língua em mim que eu precisava tomar coisas emprestadas. Eu ouvia o eco na minha cabeça. Era como se eu precisasse de ajuda para começar. Para reencontrar o caminho. As frases de Olga misturavam-se às minhas, as palavras chegavam aos poucos, as frases mais uma vez começavam a se formar, inclusive as minhas, ou pelo menos frases que se pareciam com aquelas que eu costumava usar.

Antes da nossa refeição nós ligamos para Henry. Me desculpei por não ter ligado nem voltado a Düsseldorf, mas disse que agora eu estava disposta a voltar. Eu queria ajudar Olga a encontrar Ralf Kern. Expliquei que eu havia esquecido de contar os dias, e ele disse que não havia problema. Ele havia contado. Hoje era o dia #1651, e ele estava à nossa espera em Düsseldorf.

Como acompanhamento para a nossa refeição, que fizemos na sala enroladas em cobertores, dividimos uma garrafa de vinho que Olga havia encontrado num armário da cozinha e que devia estar lá desde a época dos antigos moradores, porque eu tinha certeza de que nunca havia comprado aquilo. Contei a Olga sobre os meus dias em Clairon, sobre a descoberta da casa na Rue de l'Ermitage, e ela falou sobre Ralf Kern e o desaparecimento. Falou sobre os primeiros dezoitos de novembro, sobre o dezessete de novembro. Ela não sabia por que aquilo tinha acontecido. A pane no tempo. Olga disse que tinha simplesmente descido uma montanha, com um gesto para indicar o que pensava a respeito de um mundo que manda as pessoas a loops temporais.

Era cedo da manhã quando eu desci a montanha, ela disse. Com isso ela quis dizer que saiu de casa. Ou talvez não fosse possível chamar aquilo de casa. Ela morava com o tio e a tia materna. E não tinha simplesmente descido a montanha. Aquela era uma montanha coberta de neve em um lugar qualquer no sul da Suíça, e Olga tinha saído do apartamento da tia e tomado um ônibus duas ruas adiante. Não porque não se importasse com a tia e o tio. Não porque houvesse qualquer coisa errada com eles. Nem com a priminha de onze anos. Nem com a comida. Não havia nada de errado, a não ser o fato de que ela não tinha vontade de continuar por lá.

Olga Periti tinha dezessete anos quando ficou presa no tempo. Ela atravessou a neve que cobria as ruas e partiu antes que o limpa-neve passasse. Era uma região de esqui, um pouco ao norte de Bellinzona, ela disse, como se eu fosse saber onde era, mas eu nunca tinha andado de esqui, disse. Muita gente andava, ela disse. Muita gente ia para lá durante o inverno, e a região como um todo se transformava. Havia pistas e roupas de esqui e visitantes com equipamento no teto do carro. Ou sem, disse Olga, porque certos lugares eram cheios de carros sem nada no teto, apenas carros pretos, brilhantes e silenciosos. Mas por toda parte havia pessoas com roupas de esqui e luvas de esqui e o ruído das travas.

Não sei por que a ênfase nesses detalhes. Talvez Olga achasse que eu estava com saudade dos sons. Eu havia contado a ela sobre os barulhos de casa. Talvez ela achasse que eu precisava de variação, e me alegrei com as variações que ela ofereceu, com sons diferentes dos meus.

Olga tivera uma mãe, porém já não tinha mais. Ela nascera quando a mãe ainda era muito jovem. Tinha apenas dezenove anos. E ela também havia morrido muito jovem. Quando Olga tinha catorze anos. A princípio Olga havia morado sozinha com o pai após a morte da mãe, porém ao fim de um ano ou um ano e meio ele tomou o rumo do norte. Primeiro trabalhou na cozinha de um estabelecimento de esqui que mais tarde fechou, e assim ele mais uma vez teve que seguir adiante. Olga não quis viajar com ele. Não queria trocar de escola, e a tia não achava uma boa ideia que Olga passasse as tardes inteiras sozinha no apartamento enquanto o pai trabalhava. Assim Olga foi morar com a tia, que trabalhava como professora na escola local e era a única pessoa da família que não dependia do ritmo e dos horários das estações de esqui.

Olga tinha morado com a tia por um ano e meio, porém quis se afastar das montanhas e das criaturas estofadas que o tempo inteiro cruzavam aquela paisagem. Imagine um panorama branco cheio de pessoas que mais parecem poltronas, ela disse. Quando descem e também quando mais tarde voltam a subir.

O dezessete de novembro levou Olga Periti a Lugano em vez da escola. Ela tinha prometido à tia que voltaria em um dia ou dois. Primeiro foi à estação, onde esperou uma amiga que não apareceu, e depois tomou um trem para Lugano. A amiga tinha mudado de ideia. As duas tinham combinado de ir a Lugano participar de protestos ligados a um encontro de três dias entre organizações financeiras e políticos. Um bando de *rich fuckers*, nas palavras dela.

Em Lugano, Olga se juntou aos protestos e passou a noite com outros manifestantes numa escola desativada na periferia da cidade. Na manhã seguinte — o dia dezoito —, ela acordou, saiu de lá com os outros manifestantes e atravessou Lugano com cartazes, gritos e placas. Mais tarde todos voltaram para a escola e dormiram nas salas de aula vazias. Quando Olga acordou na manhã seguinte era mais uma vez o dia dezoito de novembro. Nenhum dos outros manifestantes se lembrava de já ter estado no dia dezoito antes. Olga Periti estava sozinha. Você sabe como é, ela disse.

Pensei que eu não sabia direito. Não sei se consigo imaginar como é ter dezessete anos e estar totalmente sozinha no dezoito de novembro. Não sei como teria sido o meu dezoito de novembro sem Thomas e sem uma casa para onde eu pudesse voltar. Acho que eu teria me estilhaçado. Mas Olga não tinha se estilhaçado. Ela participou do mesmo protesto ao longo de quatro dias e então se cansou daquilo. Depois ligou para o pai e contou tudo o que tinha acontecido. Ele deixou o trabalho logo em seguida para ir a Lugano. Queria levar Olga de volta à casa da tia, mas ela não quis voltar. Em vez disso, voltou com o pai para o bloco de apartamentos numa pequena cidade com estação de esqui um pouco mais ao norte e se instalou no apartamento dele, ou melhor, fingiu instalar-se no apartamento dele, e na manhã seguinte foi embora antes que ele acordasse. Olga tinha certeza de que o pai não se lembraria de nada, e ela tinha razão: ele não ligou, e quando ela mandou uma mensagem dizendo que gostaria de combinar uma visita no fim de semana seguinte, o pai respondeu sem fazer nenhuma menção à visita dela ou ao dezoito de novembro. A tia também não desconfiou de nada, mas tampouco sabia que desde o início Olga pensava em passar um bom tempo longe. Olga tinha levado o passaporte e o cartão da poupança. Disse que não tinha um plano muito claro. Tinha imaginado passar meses longe, porque não poderia sacar dinheiro antes de completar dezoito anos.

Depois de Lugano, Olga foi para a Itália. Primeiro a Bérgamo, onde tinha se hospedado num hotel, e mais tarde rumo ao sul. Ela tinha começado a caminhar sem rumo. Às vezes de trem, porém na maioria das vezes a pé. Tinha caminhado até Milão e depois até Roma. Depois Olga foi à França e à Espanha e mais tarde também à Alemanha.

Ela vivia à base de cartões de crédito. Às vezes tomava-os emprestados e os colocava de volta na bolsa das pessoas após sacar o dinheiro. Outras, ficava com eles. No início os cartões sumiam enquanto Olga dormia, porém logo ela descobriu que eles permaneciam com ela se estivessem no bolso e ela dormisse vestida.

A certa altura ela encontrou Ralf Kern, e os dois foram juntos à Inglaterra. Haviam dado voltas no carro dele, e Ralf tinha até ensinado Olga a dirigir. Durante parte do tempo haviam morado em Salisbury. Você sabia que um dos relógios mais antigos do mundo está na Catedral de Salisbury? Um dos que ainda funciona? Não sabia, respondi. Eu também havia estado em Salisbury com meus pais durante a minha adolescência. Mas não me lembrava de relógio nenhum. Me lembrava apenas da nossa visita a Stonehenge. Olga não tinha estado lá.

O lugar era *fucking weird*, na opinião dela, e além disso esse era um programa de turistas. Ela me disse que o relógio era de 1386.

Estávamos sentadas no sofá com os cobertores e os pratos, nos quais havia restos de milho enlatado e pato confitado. Tive a impressão de que Henry podia ter contado a Olga que eu me interessava pela história das coisas, porque ela mencionou vários objetos que tinha visto nessas viagens. Mencionou anos e lugares e coisas mais ou menos peculiares que os dois tinham visto, e que Olga dava um jeito de incluir nas descrições das viagens feitas com Ralf.

Depois de passar um tempo na Inglaterra eles foram à França para ver um relógio em Beauvais. Viajaram de um relógio antigo para outro. Visitaram igrejas e claustros. Tive a impressão de que Olga tinha interesses bem estranhos, mas ela pensava o mesmo a meu respeito. Quem é que passa os dias num cômodo ouvindo os sons do encanamento, de xícaras e de passos? Ou pesquisando recipientes romanos? Pelo menos havia uma relação entre o tempo parado e as viagens para ver relógios, ela disse.

Não pude deixar de rir ao ouvir esse comentário, mesmo que ela tenha insistido em dizer que não era brincadeira. Olga notou que eu não me interessava por aqueles relógios antigos, e talvez o principal interessado na verdade fosse Ralf. Mas eu queria saber como Olga tinha conhecido Ralf Kern, e por que ele havia desaparecido.

Olga e Ralf Kern tinham se conhecido em Bremen. No dezoito de novembro, ele acordou no apartamento próximo à estação de trem e foi trabalhar numa empresa de TI nos arredores da cidade. Lá, Ralf era responsável por desenvolver um sistema de computadores para uma empresa de logística. Para Ralf, o dezoito de novembro tinha sido um dia sem nenhum acontecimento importante, mas no dia seguinte, quando ele acordou, era dezoito de novembro outra vez. Por vários dias ele continuou indo ao trabalho, às vezes sem comentar a falha no tempo com os colegas. Outras vezes ele havia tentado explicar a situação, mas ou as pessoas não acreditavam, ou então acreditavam mas não podiam fazer nada a respeito. E de qualquer forma tudo seria esquecido no dia seguinte.

A princípio Ralf simplesmente esperou que aquilo passasse. Às vezes ele não ia trabalhar, mas dizia que estava doente e ia para um bar. Outras vezes passava o dia dezoito fazendo compras. Ralf já tinha comprado roupas e carros luxuosos, dirigido até o trabalho e convidado os colegas para sair, dizendo que tinha ganhado dinheiro no cassino local. Era uma festa, porém no dia seguinte a festa tinha sido esquecida, o carro tinha voltado à concessionária e com frequência as roupas novas haviam desaparecido, ou então Ralf acordava com toda a roupa no apartamento — de ressaca e com todos os sintomas de uma noite festiva, embora os colegas nada lembrassem quando ele aparecia no trabalho ou telefonava para dizer que estava doente. Ou melhor: no início, quando o telefone ainda funcionava, Ralf tinha por hábito telefonar, porém logo passou a registrar a informação diretamente no sistema da empresa quando não aparecia. Muitas vezes, principalmente no começo, ele ia trabalhar pela manhã como se nada tivesse acontecido, passava umas horas por lá, inventava uma reunião ou um compromisso na cidade e saía do escritório.

Ralf tinha encontrado Olga enquanto ela caminhava pela beira da estrada em direção a Bremen. Ralf dirigia no sentido contrário, a caminho do trabalho. Graças às inúmeras repetições, ele sabia que não havia nenhuma jovem caminhando pela beira da estrada naquele momento, e ao ver Olga Periti ele deu a volta e parou ao lado dela. Ralf tinha perguntado de onde ela vinha, e logo começou a contar sua própria história, ainda na beira da estrada, com a porta aberta e o pisca-alerta ligado.

Olga Periti se manteve a dois ou três metros do carro e negou-se a entrar quando Ralf se ofereceu para levá-la à cidade. Disse que já estava a caminho, e além disso queria ter o direito de ir e vir como achasse melhor, por mais que Ralf estivesse preso no dezoito de novembro. Olga não tinha nenhuma intenção de entrar num carro com o pisca-alerta ligado, e além disso por que haveria de acreditar na história inverossímil contada por Ralf?

Ele sugeriu um lugar para que os dois se encontrassem naquela mesma tarde — um restaurante tailandês próximo à estação. Ralf também deu a Olga seu endereço em Bremen e entregou-lhe uma chave do apartamento, que ficava a poucas quadras do restaurante. Disse que ela não podia desaparecer. Olga respondeu que cabia a ela mesma decidir.

No fim os dois se encontraram na mesma tarde. Cada um contou sua história. Eu disse que sabia qual era o restaurante em que os dois haviam se encontrado. Eu já tinha me hospedado no hotel ao lado em duas ou três ocasiões. Esse detalhe pareceu uma estranha coincidência. Olga disse que era fácil me imaginar naquele hotel. Segundo ela, o lugar fazia o meu estilo. Ela tinha passado as primeiras noites lá, após o primeiro encontro com Ralf Kern. Disse que era um hotel insuportável. Eu respondi que o café da manhã era melhor do que aquele que eu teria a oferecer quando ela acordasse. Olga disse que já estava com fome outra vez, então levei os nossos pratos e busquei pão crocante e queijo cremoso na cozinha. Logo Olga estava enfiando pedacinhos de pão no pote de queijo cremoso. Podíamos ter nos encontrado em Bremen, eu disse. Mas não nos encontramos, ela respondeu.

Depois de encontrar Ralf Kern no restaurante e ouvir a respeito do dezoito de novembro, Olga não teve dúvidas. Ralf estava dizendo a verdade. Ela não estava mais sozinha naquele dia de novembro, e em poucos dias se mudou para o apartamento dele.

Por um bom tempo os dois tinham viajado juntos. Às vezes cada um tomava seu próprio rumo. Olga disse que de vez em quando tinha vontade de caminhar. Não para um lugar definido. Simplesmente caminhar sem rumo. Não havia nada de estranho nisso.

Pouco antes do sumiço de Ralf K. eles tinham sofrido um acidente de carro. Ralf tinha quebrado o braço e batido a cabeça. Ela tinha saído apenas com uns poucos arranhões. Ralf tinha passado um tempo no saguão da emergência e por fim teve o braço engessado, não era nada grave, mas ele acabou se preocupando cada vez mais com aquilo. Com o mundo e as pessoas no mundo. Acabou se preocupando demais com acidentes e mortes súbitas. Na opinião de Olga havia alguma coisa errada com ele. Ralf tinha sido abalado pelo acidente, ou então tinha machucado a cabeça.

Depois do acidente, Olga passou a dirigir o carro. Aquilo deu a Ralf tempo para pensar, e a partir de então ele ficou obcecado por ideias sobre como evitar as tragédias do mundo. Às vezes ele pedia a Olga que dirigisse até o local de um acidente sobre o qual havia se informado, e em diversas ocasiões conseguiu impedir os acontecimentos críticos, que foi a maneira como Ralf passou a chamar essas situações.

Houve uma vez em que os dois se depararam com um acidente na estrada. Ralf insistiu em parar e obter informações sobre os feridos, e no fim conseguiu pegar o número de telefone de um passageiro que estava no banco de trás e escapou ileso. No dia seguinte, pouco antes do horário do acidente, Ralf ligou para o passageiro e pediu que eles tomassem cuidado na estrada. Tinha acontecido um acidente, e seria importante evitar outros.

A partir de então Ralf passou a reunir informações. Tirava fotos, reunia dados. As fotos eram impressas numa loja de fotografia que oferecia serviço expresso no mesmo dia ou então na impressora do hotel, e no verso ele anotava todas as informações que tinha sobre o acidente. No dia seguinte Ralf tentava evitar que o mesmo acidente se repetisse. Foi aí que começaram os problemas. E agora ele tinha desaparecido.

Tentei descobrir o que Olga sentia por Ralf K. Será que os dois tinham sido namorados? Será que ela tinha saudade dele? Será que estava preocupada? Será que estava com medo? Não acredito que ela tivesse vontade de me dizer mais nada além de que gostaria de reencontrá-lo, e além do mais nós duas estávamos bem cansadas.

Olga se espreguiçou e disse que precisava dormir. Peguei as roupas de cama e preparei o cômodo ao lado da escada para ela. Tive a impressão de que Olga pegou no sono assim que se deitou, então arrumei a nossa bagunça com a maior discrição possível. Pensei que não apenas eu estava recebendo uma visita, mas que além disso tinha feito uma amiga. Era estranho que houvesse amigas no dezoito de novembro. *Fucking weird*.

Hoje acordei cedo e desci. Ouvi a respiração de Olga ao passar discretamente pelo canto enquanto eu descia a escada. O chão não rangeu, e acho que não a acordei. Já estou de pé há horas, mas tento não fazer barulho. Pensei em começar o dia limpando as coisas mofadas no armário e preparando o café da manhã. Como se eu fosse limpar a casa para receber visita. Mas eu não queria correr o risco de acordar a minha visita. Em vez disso fechei a porta, peguei umas folhas e a esferográfica na minha bolsa, preparei café e me sentei, da forma mais discreta possível, em frente à mesa da cozinha. Olga ainda não acordou, e os únicos sons que ouço são o rumor do tráfego e o riscar da minha caneta. Escrevi sobre a batida na janela, sobre a visita inesperada, e é estranho pensar que existe uma amiga no dezoito de novembro.

***

Olga foi embora. Ela dormiu até de tarde, e quando desceu eu peguei tomates e pão crocante e abri a última embalagem de queijo. Servi café nos copos, porque a caneca mofada na pia é a única da casa, e então nos sentamos para conversar um pouco na primeira refeição do dia. Mas assim que terminou de comer Olga ficou ansiosa para retomar as buscas por Ralf.

Eu disse que gostaria de esperar até o dia seguinte antes de partir rumo a Düsseldorf. Queria arrumar a casa e passar uma noite no meu quarto. Ou na casa de Thomas. Talvez eu quisesse contar a ele sobre a minha partida. Talvez eu quisesse convidá-lo para a viagem.

Olga acha que é impossível. Acredita que vamos perdê-lo no meio do caminho, que Thomas vai sumir, que seria difícil mantê-lo em nosso dezoito de novembro. Ela não o conhece, mas pode ser que tenha razão.

Acenei da escada quando ela partiu. Me ofereci para acompanhá-la até a estação, mas ela disse que poderia se virar sozinha. Pedi a ela que mandasse um abraço para Henry e mais uma vez transmitisse o meu pedido de desculpas por tê-lo esquecido. Não podemos esquecer os amigos, eu disse. Olga disse que era por isso mesmo que ela tinha vindo. Para não perder um amigo.

Olga levou consigo o telescópio. Achou que poderia ser útil. Não sei no que ela estava pensando. Não se podem ver as estrelas na cidade. E o que fazer com as estrelas, quando você está em busca de pessoas desaparecidas na terra? Não entendi ao certo o que ela veio fazer aqui. Por que tinha me procurado? Será que não poderia fazer a busca com Henry Dale?

De repente senti um impulso de esquecer tudo aquilo. De ficar em Clairon, talvez me mudar para a casa na Rue de l'Ermitage. De esquecer Henry e o desconhecido Ralf. De esquecer minha nova amiga e simplesmente levar uma vida silenciosa na minha casa cinzenta. De vez em quando eu poderia fazer uma visita a Thomas. Eu poderia mentir ou explicar tudo para ele. Poderíamos estar juntos, morando separados e esperando o tempo passar. Eu poderia ir a Paris em busca de uma mudança de ares. Talvez eu não houvesse encontrado o caminho certo. Talvez eu pudesse voltar ao Hôtel du Lison. Eu poderia passar dias e mais dias sentada, prestando atenção aos mínimos detalhes, e uma bela manhã eu notaria uma mudança, um dezoito de novembro diferente. Ou então um dezenove. Um dia completamente novo.

Mas eu sei muito bem. O dezenove de novembro não está no meu horizonte. É uma ideia distante, sobre outra manhã, uma manhã em que ninguém derruba fatias de pão nem as junta para trocá-las por croissants. O dezenove de novembro já não parece mais uma possibilidade real. Somente o dezoito, com todas as suas peculiaridades.

E agora o dezoito é um dia com três pessoas. Ou quatro, se encontrarmos Ralf Kern. Ou mais ainda, pois nada garante que somos apenas quatro. Talvez sejamos cinco, ou oito, ou trinta e sete. Mas por que nós? E por que Olga Periti está presa no tempo? Como uma menina de dezessete anos acaba presa em um dia de novembro? Não faz sentido.

Quando terminei de limpar a casa, guardei todas as comidas na caixa de mantimentos, peguei a caixa e a minha bolsa, tranquei a porta e voltei ao meu cômodo. Quando cheguei, tratei de entrar logo. A porta estava destrancada, e se Thomas me ouvisse eu contaria tudo, mas ele não me ouviu, então fiquei no cômodo até a hora em que ele pegou o casaco e foi ao correio com pacotes e correspondências.

Ouvi quando ele saiu. Passei a tarde pela casa, tomei banho e fiz as malas. Vi Thomas de relance junto à cerca e ouvi quando ele destrancou a porta, mas agora sei que não vou convidá-lo a ir comigo.

Estou sentada no cômodo, ouvindo todos os barulhos dele, mas sei que preciso encontrar outros sons. Sei que não faz sentido me ater aos sons que já tenho. E também sei que Thomas não iria comigo mesmo que eu o convidasse. Acho que ele diria que precisamos dar tempo ao tempo.

#1653

Hoje cedo pela manhã, bem antes que Thomas acordasse, me vesti e peguei a bolsa. Fui até a estação, comprei um bilhete, subi no trem e me sentei num assento bem ao fundo do vagão. Na minha bolsa havia café, o resto do pão crocante e duas latas de uma coisa ou outra, como se eu estivesse saindo para uma pequena expedição. Não sei por que eu tinha comigo mantimentos, e não sei por que não me despedi de Thomas antes de sair. Cheguei a pensar em pedir que ele me acompanhasse até a estação, porém logo abandonei a ideia. Por acaso eu pretendia que Thomas acenasse para mim enquanto eu partia rumo a Lille com a bizarra missão de encontrar uma pessoa que nenhum de nós dois conhecia? Por acaso eu o tiraria da rotina matinal para vê-lo acenar da plataforma?

Eu não conseguia imaginar nenhuma dessas coisas. Faltavam-me as imagens. Eu tinha dificuldade para imaginar Thomas acenando para o trem, e agora me ocorre que de fato é melhor que ele tenha ficado onde está. Foi estranho deixá-lo. Pareceu errado. Como uma traição. Mas também penso que é a primeira vez, desde que o dezoito de novembro começou a se repetir, que viajo porque tenho um papel a desempenhar. Outra pessoa precisa de mim. Precisa da minha ajuda.

E nesse momento eu acabo de partir da estação de Lille. Troquei de trem e estou a caminho. Penso em viagens e expedições. Em odisseias e navegações. Em soldados e aventureiros. Em marujos e caixeiros-viajantes. Vejo as caravanas na estrada, os preparativos e os navios que zarpam. Imagino trabalhadores a caminho, viagens de descoberta, globe-trotters e homens de ciência com projetos na pasta. Penso em navegadores e comerciantes, em chegadas e partidas.

Vejo despedidas em portos e estações de trem. Penso nos muros de uma cidade, com os camelos a postos. Selas com fardos de roupas, sacos de especiarias. E então a caravana parte. Quem voltará? Não sabemos.

Penso em jovens que se fazem ao mar. Vejo escunas, baleeiros e navios a vapor. Penso em corsários e peregrinos que viajam em nome de Deus, com armas e cavalos ou então simplesmente a pé. Penso em viajantes a caminho de universidades estrangeiras com moedas de ouro na bolsa para uma estadia de vários anos. Será que vão chegar? Será que vão ser atacados por salteadores no caminho? Será que vão mais tarde voltar com novos conhecimentos e um nome em latim? Com despojos de guerra e cicatrizes na alma? Com as mãos calejadas e um saco pendurado no ombro? Será que voltam como filhos pródigos? Será que de fato voltam?

Por que fazem esse tipo de coisa? Pela honra e pelo dinheiro? Pela religião, pela pátria e por um lugar no paraíso? Pela liberdade e pela esperança? Para encontrar a felicidade e derrotar o inimigo? Pelo conhecimento e pelas anotações, para voltar para casa com pastas repletas de flora e de fauna? Espécies desconhecidas, troféus e novos horizontes? Ou simplesmente para sobreviver? Para ter uma vida?

Penso em Odisseu, o viajante, em Simbad, o marujo, e em Gulliver. Naqueles que existiram e também naqueles que foram inventados. Penso em mulheres que esperam em casa, em tecelãs pacientes, mães preocupadas, meninas que se tornam moças enquanto esperam.

Penso nos filmes em preto e branco com mulheres que acenam para soldados a caminho da guerra. Mãos que agitam uma bandeira de um lado para o outro enquanto o trem desaparece. Corpos de mulher com um braço que gesticula um adeus no ar e uma criança perfeitamente equilibrada no outro. E a música na plataforma.

São mulheres que se despedem de homens. À luz do dia. Então penso em mulheres que abandonam a família. Porém esse é um outro assunto. Mulheres que deixam para trás o marido, os filhos ou os pais idosos. E nessa hora faltam-me as imagens. Não vejo nenhuma festa de despedida, nenhuma fanfarra. Não consigo ver os camelos ao pé do muro, não vejo mulheres que montam nas selas ou partem ao som de música. Não vejo nenhum grupo de mulheres a caminho do mundo enquanto homens acenam da plataforma. Será que as mulheres partem no escuro? Será que se esgueiram sozinhas à noite? Enquanto as crianças dormem? Será que fogem com o raiar do dia e fecham a porta sem fazer barulho ao sair? Será que partem com um último olhar sobre o nome da cidade, uma placa azul na estação quase vazia? Não sei, mas não vejo ninguém acenando.

Talvez estejam sozinhas no momento em que se põem em movimento. Não há ninguém para fotografá-las, contar a história. Talvez porque sejam demasiado raras para que se deixem capturar por um fotógrafo. Ou talvez porque o fotógrafo esteja olhando para outro lado. Talvez essas mulheres sejam corpos estranhos. Aquilo que mais desejamos esquecer: um pequeno apêndice roxo na espiga de centeio, uma larva na refeição. Talvez Henry tenha razão. Há histórias que faltam. Não sei, mas não guardo imagens de filhas pródigas que à casa tornam. E mesmo assim. Minha mãe sentada ao lado da minha cama, no meu antigo quarto. Sempre disposta a chamar a família e fazer uma comemoração improvisada. Certa de que é possível. De que é possível encontrar um caminho. Convencida de que as pessoas sempre fazem aquilo que acreditam ser o certo. Não sei se é certo que eu me encontre presa no dezoito de novembro, mas sei que não posso ficar sentada num cômodo que dá para um pátio e para uma pilha de lenha. Não sei se fui convocada ou enviada em missão, se fui expulsa ou simplesmente fugi.

Estou sentada num trem. Não se trata de uma expedição. Talvez, se eu estivesse a caminho de um grande acontecimento, fizesse sentido pensar em termos de ser convocada ou enviada em missão. Não pode ser apenas um dia que se estilhaçou. Não pode ser apenas isso, porque uma jovem, e não um pássaro, bateu na minha janela.

Deixei Thomas para trás e ninguém acenou. Mas será que ele me esperaria se eu viajasse? Por meses? Por anos? Se ele soubesse que estava à espera de uma mulher que talvez não voltasse? Mas ele não sabe. Thomas está acordado em casa. Ele acha que volto na manhã seguinte, e em pouco tempo vai entrar na sala e sentar-se na poltrona ao lado da janela que dá para a rua. Vai passar o tempo lendo ou olhando para a chuva de novembro.

É por mim que ele espera. E talvez ainda espere por muito tempo. Talvez eu não volte. Talvez eu desapareça no dezoito de novembro.

#1654

Henry estava à minha espera no apartamento quando voltei. Meio atrasada, ele disse, mas não havia problema. Olga tinha saído para fazer buscas, porém voltou logo após minha chegada, e agora estamos em três. Talvez quatro.

Henry D. havia passado a maior parte do tempo em Ithaca. Tinha visto o filho quase todos os dias. Tinha dado passeios pela região. Tinha se esforçado para ser a pessoa que tinha sido. O pai de seu filho. Mas, segundo ele, é difícil ser a pessoa que você tinha sido. Henry notou que aquilo se tornava cada vez mais difícil. Naquele momento ele tinha saudade.

Falei sobre Thomas. Sobre entrar na casa, ouvir os barulhos e recuperar um pouco do que fora perdido. Sobre barulhos que deixavam de ser cascas vazias quando você chegava perto. Havia um mundo que se abria. Porém meus dias tornaram-se amorfos quando comecei a andar por toda parte, a me aproximar de tudo. Meu padrão se estilhaçou. As noites e os dias se misturaram. Eu só podia andar ao redor com meias de lã. Sem fazer barulho, sem limites e sem forma. Mas de repente Olga Periti apareceu. Eu poderia ajudá-la a encontrar Ralf Kern. Ou pelo menos tentar.

#1668

Eu e Olga dormimos na cama de casal no quarto, e Henry ficou com o sofá-cama da sala. Ele também arranjou duas cadeiras dobráveis, que à noite são fechadas e guardadas embaixo do sofá. Por enquanto as cadeiras ainda não sumiram. Todas as manhãs eu acordo cedo e saio para comer no Café Möller ou noutro café umas ruas adiante. Começo o dia sozinha. Olga e Henry fazem o desjejum juntos.

As buscas estão em pleno andamento. Fazemos planos e discutimos estratégias. Imprimimos cartazes e os penduramos. Olga tem uma foto que encontrou na geladeira de Ralf. Ou melhor, é a metade de uma foto, porque ela precisou cortar fora um amigo. Ampliamos a imagem, fizemos as impressões e penduramos os nossos cartazes. São grandes retratos que penduramos em estações de trem e postes de anúncios. Olga compilou listas de hospitais e delegacias país afora, e todas as tardes um de nós telefona e pergunta se Ralf não apareceu ao longo do dia.

Via de regra é Olga quem telefona. Ela caminha de um lado para o outro no apartamento antes de começar. Caminha um pouco no pátio e de repente tira o telefone do bolso. Vejo que a mão dela treme de leve ao segurar a lista de todos aqueles números, mas ela ainda não recebeu a notícia que teme: a de que alguma coisa aconteceu com Ralf.

Ter uma missão é uma mudança e tanto. Alguém precisa de nós. É no que acreditamos. É no que Olga acredita. Olga acha que é importante encontrar Ralf Kern. E agora eu também acho. E Henry também. Todos nós achamos que ele precisa ser encontrado. Ralf Kern, uma pessoa que não conhecemos, mas que imaginamos estar prestes a conhecer, pois todas as tardes Olga fala a respeito dele ao descrever quem é, para onde pode ter ido e por que desapareceu.

Dá para ouvir que os dois discordavam. Ela dá voltas e mais voltas ao redor dessas discordâncias, e eles haviam discordado sobre muitas coisas. Acima de tudo, discordavam em relação ao que fazer com um mundo que se estilhaçou. A princípio, tanto eu como Henry falamos sobre o defeito no tempo, mas não era a isso que Olga se referia. Não era sobre isso que os dois discordavam. Na verdade a impressão era de que nenhum deles se preocupara muito com o loop temporal em que estavam presos. A questão era todo o restante, o fluxo constante de acidentes e tragédias, as pessoas feridas, a doença e a infelicidade, o horror, a injustiça e a pobreza.

Estava claro que os dois se gostavam. Que juntos haviam feito um passeio que nenhum deles poderia ter imaginado. Também estava claro que haviam se convencido de que estavam presos no tempo para que assim pudessem se encontrar, mas não era só isso: os dois haviam de se encontrar para fazer do mundo um lugar melhor. Olga e Ralf acreditavam que esse era o motivo por que tinham acabado num dia que se repetia, mas não concordavam em como abordar o problema.

E Olga não conseguia entender que nem eu nem Henry houvéssemos chegado a essa mesma conclusão. Ficou surpresa ao saber que eu pensava em como fazer o menor estrago possível, deixar o menor rastro possível. Esse tipo de coisa. Em vez de transformar o mundo. Transformar o mundo de verdade, ela disse, sem explicar a que se referia, ou como seria possível transformar o que quer que fosse, quando tudo na manhã seguinte estaria precisamente como na manhã do dia anterior.

Ralf K. tinha ideias próprias sobre como esses problemas deviam ser resolvidos. No início ele queria interferir apenas nos casos de acidente que os dois encontrassem pelo caminho, mas logo a situação saiu do controle. De repente Ralf quis ir até um canteiro de obras onde um trabalhador caía de um andaime, depois até um acidente de carro, e por fim quis ajudar pacientes no hospital antes que eles mesmos soubessem que estavam prestes a morrer.

Não que Olga fosse contra. Era possível discutir se fazia sentido esforçar-se para salvar uma pessoa que naturalmente estaria salva na repetição do dezoito de novembro e tornaria a acordar como se nada tivesse acontecido, mas o problema não era esse. Para Olga, o problema — esse era um tema ao qual ela voltava o tempo inteiro — era que Ralf não resolvia os problemas de fundo. Os problemas estruturais. Os problemas fundamentais. A própria fundação de tudo. Eram palavras diferentes para a mesma coisa. Nós mesmos poderíamos encontrar outras, ela disse, dando a entender que tanto eu como Henry sabíamos perfeitamente do que ela estava falando, porém nossa má vontade em compreendê-la nos levava a exigir mais precisão.

Ralf entendia o que ela queria dizer, mas havia tomado outra direção, disse Olga. A discordância entre os dois chegara ao ponto culminante quando estavam voltando da Inglaterra. Eles haviam tomado o ferry para Calais e seguido de carro rumo ao norte pelo litoral. A visita a um museu dedicado a uma enchente, nas palavras de Olga, foi a gota d'água. Os dois estavam sentados perto de um dique quando o conflito se acirrou. Olga disse que, apesar das boas intenções, era como se

Ralf andasse com um saquinho de areia no bolso sem perceber que estava no meio de uma tempestade de enormes proporções. Ele remendava pequenos buracos no dique, mas não sabia avaliar a tempestade nem os buracos. Ralf queria conservar os detalhes, enquanto Olga queria promover uma transformação completa dos sistemas. Queria encontrar as causas. Ralf disse que ela queria esvaziar o oceano. Olga retrucou que ele queria ajeitar as vírgulas. Ralf achava que não havia uma forma única de fazer as coisas. Que era preciso aceitar os defeitos do mundo. Que não valia a pena gastar tempo discutindo o tamanho desses mesmos defeitos antes de começar a consertá-los. Na opinião de Ralf, Olga ignorava a importância dos diques. E das comportas. Às vezes era preciso usar sacos de areia, mas com diques grandes o bastante não seria preciso esvaziar o oceano. O oceano podia ficar para os peixes, ele disse. Quando a solução é um dique, as pessoas constroem um dique. Comportas. Quando a água é um fato. A água não é um defeito, a água é a água, ele disse. Olga achou que Ralf se negava a enxergar os problemas.

E assim a discussão foi de um lado para o outro, sempre com essas comparações terríveis, disse Olga. Os dois nunca concordavam. Água não é só água, disse Olga. A água pode subir e provocar enchentes, destruição e miséria. As enchentes podem ser causadas por alterações climáticas, avareza, maldade, burrice ou simples azar, mas quando são causadas pelo homem água não é só água, mas água que nós mesmos levamos para onde não devíamos. Se a causa de tudo são casas ruins e diques ruins e decisões ruins, se os pobres são atingidos e os ricos não, se os mesmos pagam o preço toda vez que a água sobe, então de nada adianta sair por aí com um saco de areia ridículo. Trata-se de um problema sistêmico. Então água não é só água.

Olga queria dizer que é preciso encontrar as causas. Um problema sistêmico pode ser corrigido mediante uma alteração no sistema, Olga tinha dito para Ralf K. Não com um monte de vírgulas. Mas o que ele pretendia salvar eram vidas humanas, disse Ralf, e logo se irritou, porque entendeu que Olga havia dito que uma vida humana era o mesmo que uma vírgula. Em que livro uma vida humana é uma vírgula? Que tipo de material você lê? Vamos falar sobre isso, ele tinha dito. Podemos discutir os problemas sistêmicos, desde que seja vírgula por vírgula. Olga rosnou um *fuck off* e disse que ela não queria mais saber de vírgulas, mas de ponto-final. E então virou as costas e foi embora.

Sempre ouvimos essas descrições minuciosas das discordâncias entre os dois quando estamos sentados à tarde no apartamento, via de regra depois que Olga liga para uma série de hospitais. Mas não era para entendermos a situação de maneira equivocada. Olga não achava que havia qualquer coisa de errado com a ideia de ajudar, fosse parando uma criança distraída num cruzamento, ajudando um possível suicida, evitando um ataque ou impedindo um acidente de trabalho. Mas, se o problema fosse a diminuição da segurança na estação de trem causada pela necessidade de pagar mais dividendos aos acionistas, ou se os acontecimentos críticos fossem provocados pelas condições em que as pessoas vivem, esses gestos estariam muito distantes da causa real. Se a criança morta por atropelamento estava distraída porque a primeira refeição que fazia todos os dias era o almoço na escola, então era isso o que devia ser mudado. A criança não estaria segura enquanto os pais não tivessem dinheiro para comprar o café da manhã. Mesmo que Ralf salvasse todas as pessoas no dezoito de novembro da morte em acidentes, ataques, incêndios e desabamentos, e mesmo que de repente conseguíssemos sair do dia dezoito, segundo Olga, haveria novas catástrofes no dia dezenove, e também no dia vinte: seriam mais dias repletos de problemas. Haveria cada vez mais problemas, e esses problemas se tornariam cada vez mais graves enquanto concentrássemos esforços em soluções emergenciais e deixássemos o problema de fundo se agravar.

Em princípio não havia nada de errado no que Ralf fazia, mas aquilo tampouco parecia certo, na opinião de Olga. Ela não queria voltar para o tempo-padrão, como dizia, sem ter aproveitado a chance de mudar o mundo. Na opinião de Olga, a repetição era uma oportunidade. Uma oportunidade de enxergar com mais clareza. De limpar as *fucking eyeballs*.

Essa não foi uma discussão que aconteceu uma única vez. Foram várias. Ralf continuava reunindo acontecimentos críticos. Coisas relacionadas a morte e destruição, disse Olga. E a certa altura cada um deles havia tomado o seu rumo. Na opinião dela, Ralf queria tratar os sintomas. Ela queria revelar as causas. Queria transformar o sistema, as estruturas. Ralf não achava que a vida e a morte das pessoas fossem sintomas. Eram acontecimentos reais no dezoito de novembro.

Na verdade, disse Olga, nenhum de nós tinha razão, porque não existem acontecimentos reais no dezoito de novembro. Tudo é como um sonho, e não conseguimos fazer nada. A questão passa a ser como estamos nos preparando para o despertar.

Os dois haviam seguido pela costa rumo ao norte, visitando diversos vilarejos litorâneos, mas ao fim de várias discussões ilustradas o tempo inteiro por referências à paisagem, à geografia do litoral, aos diques e aos inúmeros projetos de proteção da costa que havia no local, a discordância os havia levado a seguir cada um o seu caminho. Não por dois ou três dias, ela disse.

Olga estava decidida a ir embora. Queria andar sem rumo. Eles haviam combinado um encontro em Bremen, mas não tinham acertado uma data. O único combinado era que se encontrariam no apartamento de Ralf. Um dia.

O tom de Olga muda quando ela fala sobre Ralf. Ao reproduzir as conversas entre os dois ela faz tudo soar como um bate-boca irreconciliável, mas, ao falar sobre ele, ela adota um tom diplomático, quase gentil. Olga fala sobre Ralf como se ele precisasse de ajuda, como se estivesse prestes a se machucar ou a se perder ao longo do caminho. Parece que Olga assumiu o papel de ajudante e mestre, e agora se ressente da ausência do discípulo. Está claro que eu e Henry não somos aprendizes bons o suficiente.

Quando Olga e Ralf tomaram cada um o seu rumo, Olga seguiu em direção ao norte. Via de regra ela começava a caminhar pela manhã, e no final da tarde procurava um lugar para dormir. Já tinha passado pelas ilhas da Frísia Ocidental e seguido rumo à Frísia Oriental. Olga nos mostrou um cartão-postal com um arquipélago e descreveu a viagem de ilha em ilha. Durante boa parte do tempo ela tinha caminhado ao longo da costa oeste, e às vezes, quando se cansava de caminhar, tomava um ônibus ou pegava uma bicicleta emprestada num lugar qualquer.

À medida que avançava rumo ao norte as manhãs tornaram-se mais nebulosas, e todos os dias Olga começava a jornada em meio à neblina e ao silêncio. Horas depois a neblina se dissipava e o vento soprava. Ela começou a tomar ferries entre as ilhas, e quando não havia ferries começou a pegar carona em barcos pesqueiros. Em certas ocasiões, quando o vento começava a soprar no meio da tarde, ela viajava num dos raros barcos de passeio que ficavam no pequeno porto e seguiam a caminho de uma ilha próxima. A certos lugares ela só chegava após começar o caminho por terra, caminhar ao longo da costa e tomar um ferry no próximo vilarejo à beira-mar. Às vezes, quando a maré estava baixa, era possível caminhar de uma ilha a outra a pé, usando uma bússola e calças impermeáveis, passando por bancos de areia ou pequenas ilhotas que surgiam nessas horas. Parte dessas ilhas tinha casas esparsas, mas outras não passavam de superfícies nuas. E assim Olga continuou, dia após dia. No início tinha morado em pensões e hotéis turísticos praticamente vazios, encontrados ao acaso durante a tarde após um dia inteiro de andanças. Certas ilhas eram quase cidades e apresentavam traços de uma vida agitada no verão, mas pareciam levar uma vida mais tranquila durante o outono. Logo ela começou a entrar nos vilarejos apenas para comprar mantimentos e a procurar casas de verão abandonadas e galpões para dormir. Com uma mochila pequena e um saco de dormir que praticamente não ocupava espaço quando estava dobrado, Olga podia mover-se com liberdade pela sequência de ilhas, em meio à neblina matinal e à leve brisa da tarde, que se tornava mais forte à medida que seguia rumo ao norte.

A certa altura, depois de chegar a um ponto mais alto na costa, Olga tinha pensado em seguir para o leste, adentrar o continente rumo a Bremen, porém não foi isso o que fez; ela continuou avançando ao longo da costa pelas ilhas da Frísia até chegar às águas da Dinamarca, onde pegou carona num bote salva-vidas e por fim tomou um ferry rumo ao continente.

Em todos os lugares ela havia encontrado resquícios da vida difícil que as pessoas haviam levado naquelas ilhas em tempos passados, e também os riscos de inundações futuras. Por toda parte havia réguas de nível da água e marcas de níveis históricos, e em vários pontos os diques estavam sendo reforçados. Vários canteiros de obras, com retroescavadeiras e caminhões que transportavam enormes quantidades de cascalho, pedra e areia, levaram Olga a pensar em Ralf e nas discussões que tinham. Durante todas aquelas andanças ela sabia que gostaria de voltar para ele. Mas levou um bom tempo. Mais do que ela tinha imaginado. E, quando enfim voltou para Bremen, não havia muitos resquícios de Ralf, a não ser por dois pratos na pia da cozinha, com restos de comida tão ressequidos que mais pareciam estar lá desde a última vez em que eles tinham estado juntos no apartamento.

Olga esperou por uns dias no apartamento, porém Ralf não apareceu, e ao ligar para o trabalho dele ela descobriu que, segundo constava no sistema, ele estava trabalhando fora naquele dia. Depois que Olga insistiu em obter mais detalhes a ligação foi transferida para um colega, que explicou que Ralf tinha uma parceria com uma firma em Colônia, mas isso foi tudo o que se dispuseram a informar.

No mesmo dia ela descobriu o carro de Ralf estacionado na estação de Bremen. Olga imaginou que a preocupação de Ralf com acidentes e outros acontecimentos críticos poderia ter criado certa aversão a viajar de carro, e que assim ele devia ter tomado um trem para Colônia, se fosse mesmo para lá que tinha viajado. Na mesma tarde Olga também viajou a Colônia, e por dias a fio passou o tempo sentada na estação, à espera. Tinha encontrado um lugar por onde imaginou que Ralf necessariamente teria de passar, caso fosse seguir viagem de trem.

Mas que necessidade seria essa de encontrá-lo quando os dois discordavam a respeito de tantas coisas? Para Henry, a história como um todo não fazia sentido. Mas eles no fundo não discordavam, Olga disse. E tampouco eram namorados, se era nisso que Henry estava pensando. Ele é meu amigo, disse Olga. Um amigo não some do nada. Podemos discordar dos amigos, mas não podemos deixar que sumam.

Era por isso que Olga estava sentada na estação de Colônia quando Henry D. passou. Depois de uns poucos dias ela tinha se acostumado aos padrões dos viajantes, ao vaivém dos passageiros, aos horários dos funcionários e às pequenas tarefas que executavam. Olga tinha certeza de que notaria a presença de Ralf caso ele aparecesse. Ele seria uma quebra no padrão, e ela logo perceberia.

Mas Ralf Kern não passou. Foi Henry quem quebrou a rotina. Quando o viu e percebeu que aquele não era Ralf Kern, no mesmo instante Olga soube que ele era uma pessoa que tinha perdido o seu caminho. Não era quem ela queria encontrar, mas assim mesmo era melhor do que ninguém, disse Olga.

#1684
Estamos trabalhando em todas as frentes possíveis. Primeiro fomos de estação em estação pendurando cartazes. Conversamos com funcionários e passageiros, e agora Henry estabeleceu contatos em várias estações. Todas as manhãs enviamos cartazes a pessoas que trabalham na rede ferroviária com uma breve explicação sobre a necessidade de encontrar Ralf. Essas pessoas imprimem os cartazes e todas as manhãs novas imagens de Ralf Kern são penduradas por toda parte.

Os cartazes pendurados nas estações contêm mensagem similares às dos anúncios de "procura-se", uma vez que não é fácil convencer as pessoas a pendurar cartazes com mensagens incompreensíveis. Os cartazes pedem que Ralf Kern entre em contato com Olga Periti através de um número de telefone e assim por diante. Por outro lado, os panfletos que nós mesmos imprimimos são estranhos e chamativos e fazem menção ao dia dezoito de novembro e a loops temporais, e trazem a informação de que várias pessoas gostariam de encontrá-lo. Parte dos nossos cartazes tem imagens de Olga com um saco de areia gigante, enquanto outros têm cores chamativas. Lá está o nome de Ralf Kern e um pedido de que entre em contato com Olga Periti, mas o cartaz também traz os nomes de Tara Selter e Henry Dale, acompanhados por fotos de nós três e uma do hall de entrada no prédio de Ralf, com uma mensagem de que o esperamos lá.

Os cartazes ficam em nosso apartamento até que estejamos convencidos de que não vão mais sumir. Depois saímos a pendurá-los. Via de regra é Henry quem se encarrega disso. Eu me ocupo mais com a produção e o design. Estou começando a questionar a real possibilidade de encontrar Ralf Kern. Ele já está há tempo demais sem voltar ao apartamento. Não digo nada para Olga, mas nossas chances são pequenas.

#1698
Olga foi a Bremen. Posso ver que está preocupada. Ela se mudou para o apartamento de Ralf. Vai aos lugares que Ralf costumava frequentar, mas não há mais resquícios dele.

Essas buscas agora são rotina. Os cartazes são pendurados todas as manhãs nas estações, e já começamos a pensar sobre os passos seguintes. Contatamos diversas empresas de vigilância e perguntamos sobre câmeras nos mais variados locais, e após diversas tentativas Olga conseguiu fazer com que os colegas de Ralf fornecessem informações sobre as firmas com as quais trabalham. Ela conseguiu informações com o colega mais próximo dele, e no dia seguinte usou essas mesmas informações para simular proximidade com um outro colega, e assim conseguir mais informações, e no fim arranjou contatos em várias cidades, mas nada disso conseguiu levá-la a Ralf K.

No meio-tempo, pensamos em outras soluções. Ainda há muito a fazer. Henry fez visitas a dois ou três escritórios de detetive, mas o problema é que ninguém está pronto para lançar uma investigação de imediato. Todos acham que é possível esperar até amanhã.

#1732
Hoje Olga ligou de Bremen. Ralf estava com ela no apartamento. Tinha chegado à estação de Hannover, onde Henry acabara de pendurar vários de nossos cartazes antes de seguir viagem rumo a Berlim. Eu estava preparando a impressão de cartazes de grandes dimensões numa gráfica em Düsseldorf e Henry tinha viajado a Berlim quando Olga telefonou.

Ralf viu um dos cartazes com Olga e o saco de areia em Hannover. Ele tinha acabado de retornar a Bremen e de entrar no apartamento, que claramente já estava ocupado.

Ralf esperou que Olga voltasse, e logo ao chegar ela telefonou para nós, quando os dois já estavam reunidos.

Estou a caminho de Bremen. Henry está voltando de Berlim, onde acabou de pendurar cartazes em várias estações. Mas agora os cartazes já não são necessários.

#1733

Nos encontramos no apartamento de Ralf na Henselstraße, não muito longe da estação. Eu e Henry nos hospedamos no hotel em que eu já havia me hospedado outras vezes, e daqui são poucos minutos a pé até o apartamento de Ralf.

O encontro foi estranho. Sentamos ao redor de uma mesa pequena em Bremen. Henry tinha buscado comida num restaurante tailandês perto do hotel, eu cheguei com uma sacola cheia de cervejas belgas encontradas num supermercado e por fim dividimos uma caixa de bombons recheados que Ralf tinha no armário da cozinha. O chocolate tinha uma data de vencimento no futuro distante, mas já estava um pouco seco e acinzentado. Como se o tempo houvesse se acumulado na cobertura. Como se aquilo tivesse decidido acompanhar o tempo de Ralf Kern ou o tempo de Olga, ou ainda outro tempo. Era como se o chocolate na Henselstraße abrisse uma diminuta porta que dava para um mundo em que o tempo progredia. Bem-vindos a um mundo em que o chocolate fica velho e cinzento, Ralf disse ao abrir a caixa.

E assim ficamos lá, quatro estranhos personagens voltados para a morte num mundo em que o tempo parou. O encontro foi estranho, porém não desagradável. Foi quase alegre. Ralf K. está a salvo, Henry D. não fez a barba nos últimos dias e Olga está aliviada. Com o chocolate, não faltou mais nada. Ou quase nada.

Ralf K. tinha esquecido o tempo. Ele tinha ido a Bremen quando ele e Olga tomaram cada um o seu rumo, e aos poucos se viu cada vez mais ocupado com um projeto que se dispôs a discutir mais tarde. O projeto tinha surgido a partir das observações e reflexões dele ao longo das viagens feitas com Olga. Depois de trabalhar na primeira parte do projeto em Bremen ele seguiu viagem rumo a Colônia, recebeu ajuda de um colega, voltou mais uma vez e esperou por Olga, que no entanto não apareceu. A partir de então ele voltou a trabalhar e retornou a Colônia. Durante todo esse tempo Ralf havia pensado que gostaria de voltar em poucos dias, bastava apenas finalizar uns detalhes, mas o tempo inteiro surgiam problemas e ele precisava solicitar a ajuda de outros colegas. Assim foi a Hannover, e na estação se deparou com um cartaz que trazia uma enorme foto de Olga e uma mensagem pedindo que a contatasse de imediato. Ralf tinha ido a Bremen, e lá estava ele. E lá estávamos nós também.

Já tarde da noite, eu e Henry voltamos ao nosso hotel e deixamos Olga e Ralf a sós. Os dois tinham começado a discutir o projeto de Ralf, sobre o qual ele falaria na manhã seguinte. Ralf disse que precisava ajeitar o *deck*. Achei que estivesse falando de algum tipo de coberta, mas não era nada disso. Ele se referia a *eine Decke*, Olga me explicou. As imagens para a apresentação que faria no dia seguinte. Fomos convidados a chegar às onze horas.

Ralf perguntou se preferíamos ouvir o pitch em inglês ou alemão. Ele não queria tomar muito tempo, mas se fosse em inglês gostaria de se preparar um pouco melhor. Eu disse que podia ser em alemão. Henry deu de ombros e disse *anything you like*. Olga achou que inglês seria melhor, porque o meu alemão era muito ruim, mas eu disse que não era nada disso. Expliquei que entendia alemão bem melhor do que falava, e além disso eu podia fazer perguntas caso não entendesse.

Antes mesmo de sairmos do apartamento tive a impressão de que Ralf e Olga estavam aos poucos retomando as discussões de antes. Deixamos os dois a sós para discutir e na volta ao hotel atravessamos a praça, onde as luzes de Natal já estavam penduradas, mas ainda não acesas. Henry disse que está curioso para descobrir se ainda vamos encontrar duas pessoas no apartamento ao voltar amanhã, mas eu acho que vamos.

#1734

Havia duas pessoas no apartamento, e tanto Ralf como Olga tinham se preparado para a nossa chegada um pouco antes das onze. Havia copos numa bandeja e garrafas azuis de água mineral, havia um pote com palitos salgados, uma tigela de caramelos embrulhados em papel dourado e quatro cadeiras voltadas para o monitor em cima da mesa de Ralf.

Ralf começou exatamente às onze. Agradeceu-nos por termos aparecido e mostrou uma prévia da apresentação. Aquilo tudo era um mundo desconhecido para mim. A apresentação de Ralf era cheia de palavras e conceitos que só consigo entender se estendo meu pensamento ao máximo, se escuto e insisto em atribuir-lhes sentido, mas é isso o que faço: me estico e escuto.

Quando Ralf K. começou, pensei que ele pertencia a uma outra espécie. O pitch foi curto e direto ao ponto. Pelo menos no início. O projeto tinha nome. Ralf tinha planos. Tudo era muito simples, ele disse. Com a ajuda de colegas no escritório em Bremen e de especialistas em Colônia e Hannover — que todos os dias eram convencidos a trabalhar após o expediente —, ele tinha desenvolvido um programa chamado BeDaZy, um acrônimo para Better-Day-Zystem. A palavra "sistema" fora incluída em homenagem a Olga, porque ela sempre o criticava por não enxergar os problemas sistêmicos. O Z de linhas retas estava lá para nos lembrar de que o caminho da transformação nem sempre tem curvas suaves. Às vezes também encontramos cantos vivos.

Eu e Henry nos olhamos. Talvez nós fôssemos os cantos vivos. Olga não disse nada, e Ralf comentou que *bedazy* rimava com *lazy*. Segundo disse, ele sabia muito bem que aquele projeto, aos olhos de outras pessoas, como Olga, não era nada mais do que preguiça em estado bruto — preguiça espiritual, preguiça política, tudo junto. Mas — e esse era um grande mas — às vezes esse tipo de preguiça — a vontade de simplesmente consertar em vez de recomeçar tudo desde o início — era necessária.

E sim, ele disse enquanto trocava de slide para exibir um bicho-preguiça numa árvore, ele sabia muito bem que aquilo era a versão preguiçosa de um serviço de ajuda em que no fundo nada é feito — nada além de chamar a atenção das outras pessoas para os riscos da existência, para assim fugir a toda a responsabilidade decorrente dos próprios atos. Ralf disse que não tinha pensado muito nas consequências éticas e sabia que essa era uma questão que teria de ser abordada mais cedo ou mais tarde, mas assim mesmo o que tinha para nos mostrar já era um início. Henry acenou a cabeça. Acho que ele também não tinha entendido muito bem o que Ralf queria dizer, mas já era um início.

Porém às vezes, disse Ralf, às vezes os ferimentos tratados podem resultar em uma coisa nova, um estremecer nas fundações, uma inquietude produtiva, um *re-wiring* da existência, do pensamento, da realidade. É possível, segundo explicou, promover uma série de reparos que criam e remoldam sem destruir nada. A questão é criar um lugar no organismo social. Ativar um sistema com poderes de regeneração baseado em transformações nos detalhes da superfície. A seguir — sem dar mais explicações sobre as considerações misteriosas que fazia — Ralf começou a mostrar imagens de incêndios e acidentes, de ambulâncias e helicópteros, e mostrou-nos também um deslizamento de terra, uma enchente e um prédio desabado que parecia ser uma fábrica. Eram todas imagens do dezoito de novembro. Uma parte tinha sido fotografada nas viagens com Olga, outra havia sido reunida depois que ela havia partido e ainda outra parte fora retirada do feed de notícias do dezoito de novembro, ele disse enquanto prosseguia na explicação, porque o projeto não era pensado como um serviço de salvamento para situações aleatórias que surgissem à nossa frente. Ele tinha planos melhores.

E o projeto era simples. Vamos imaginar que de repente o tempo mude, que de uma hora para a outra voltemos a um tempo que avança, que acordemos no dia dezenove, por exemplo, e tudo o que aconteceu no dezoito de novembro que antecede o dezenove se torne a versão definitiva — a realidade com a qual vamos ter de conviver. Se acordarmos um dia e não houver mais vários dezoitos de novembro, não seria nossa responsabilidade fazer com que o último seja a melhor versão possível desse dia?

Vamos imaginar, Ralf prosseguiu, que muitos dos estragos, incêndios, acidentes, mortes, tragédias e desastres que acontecem no dia dezoito podem ser evitados. Sabemos que eles acontecem. Talvez já tenhamos até mesmo encontrado os feridos. São nossos amigos e conhecidos. Ou pelo menos podem vir a ser, caso sobrevivam ao dia dezoito. Será que vamos deixar nossos amigos em apuros, mesmo quando podemos ajudá-los sem maiores esforços? E será então que vamos deixar nossos potenciais amigos em apuros, mesmo quando podemos ajudá-los sem maiores esforços? É verdade que não conseguimos alterar o fundamento das coisas porque temos um único dia para ajeitar tudo, mas se podemos alterar os detalhes, não seria esse um dever? A questão é justamente que podemos fazer esse tipo de coisa. Esse programa, se realmente conseguirmos fazê-lo funcionar no máximo da capacidade, pode mandar alertas e informações, pode chamar bombeiros e ambulâncias a tempo de evitar o pior. Andaimes podem ser parafusados e telhas fixadas. Freios podem ser consertados e fundações inspecionadas. Podemos reunir informações sobre todas as tragédias e acidentes no dezoito de novembro. Podemos alertar pessoas a caminho do abismo. Podemos soar o alarme para as autoridades relevantes, iluminar recantos escuros, denunciar a violência antes que aconteça e certificar-nos de que alarmes e materiais de emergência funcionem. De que tudo esteja pronto para os desafios do dia. Podemos chamar a atenção dos envolvidos e apagar um acontecimento atrás do outro. E podemos fazer isso todos os dias, cada vez melhor.

Enquanto falava, Ralf passava a sequência de slides no monitor à nossa frente. Sob a influência daquela fala e das várias imagens que surgiam no monitor, tenho certeza de que não fui a única a pensar em tudo o que acontece a cada instante mundo afora. Não que fosse uma novidade saber que todas aquelas coisas aconteciam. Eu sempre tivera consciência disso: enquanto estava em Clairon observando os passarinhos, olhando para a pilha de lenha e escrevendo uma longa série de frases compridas em folhas de papel, outras pessoas morriam, sofriam mutilações e vivenciavam coisas terríveis. Enquanto enchia o pneu da minha bicicleta ou beliscava *guindillas* num prato de tapas durante uma tarde quente de verão, enquanto contemplava raridades romanas, bebia café no pátio, seguia no encalço de senhoras na minha jaula dourada ou escutava filósofos com implantes dentários perdidos, enquanto tudo isso acontecia, outras pessoas travavam uma luta entre a vida e a morte em acidentes de trânsito e deslizamentos de terra. Claro que não sei o que Olga pensava, mas pode ser que já tivesse pensado nas pessoas que sofreram com enchentes ou foram enterradas sob escombros enquanto discutia formas de alterar o sistema com Ralf, talvez já tivesse pensado nos muitos estupros e homicídios cometidos enquanto caminhava tranquilamente ao longo do litoral da Frísia.

Também não sei se Henry pensou em quantas crianças-soldados, opositores do sistema ou estudantes foram perseguidos ou assassinados, ou ainda em quantas mulheres haviam morrido durante o parto mundo afora enquanto ele dirigia em meio aos lagos americanos ou lia Dante ou refletia a respeito de sociólogos meio reclusos num sofá qualquer. Talvez ele houvesse pensado em todo o sofrimento humano enquanto permanecia sentado na universidade, atualizando o currículo, ou enquanto desempenhava tarefas administrativas de má vontade. Não sei, mas não me surpreenderia descobrir que os dois haviam pensado dessa forma, e sei que eu, durante a breve sequência de imagens, os rápidos flashes de luz e a série de acidentes, quase cheguei a pensar nos meus dias com Thomas antes do dezoito de novembro, a satisfação de comprar um livro antigo encadernado em couro com oito pranchas bem conservadas de 1738, a sensação nos dedos ao folhear o papel antigo e robusto, a intensidade do vermelho na folha de rosto, a alegria de dar o último lance num leilão sabendo que aquele era o livro que faltava na biblioteca de outra pessoa, a consciência de que por séculos aquele exemplar havia se movido de estante a estante, e que a partir daquele momento, com todas as palavras que trazia consigo, estaria junto de nós. Mas o tempo inteiro, enquanto duravam essas alegrias, e não apenas nessas horas, mas ao longo dos anos em que esses livros haviam se movido de estante a estante, enquanto outra pessoa lia essas obras e enquanto os exemplares permaneciam intocados e não lidos em bibliotecas empoeiradas, a quantidade de acidentes e de acontecimentos críticos só tinha aumentado.

Já não sei mais se todos os detalhes nesses pensamentos de fato surgiram na minha cabeça ou se essa é apenas uma sombra das imagens que atravessaram a minha consciência enquanto eu assistia à apresentação de Ralf. Talvez eu não tenha chegado à quantidade de tragédias nos séculos que se passaram, ao menos em parte esse deve ser um raciocínio a posteriori, surgido agora, quando estou de volta ao quarto do hotel com vista para uma praça com luzes de Natal já penduradas, mas ainda não acesas.

A questão é que tanto nós como a maioria das pessoas ao nosso redor, antes do dezoito de novembro e também no próprio dezoito de novembro, usávamos boa parte do nosso tempo para nada. É verdade que muitas pessoas tinham agido na medida do possível, e às vezes até mesmo salvado vidas, e talvez imaginassem que aquilo que tinham feito havia tornado o mundo melhor de uma forma ou de outra, ainda que só um pouco. Mas a maior parte do tempo de todas as pessoas era usada para comer e dormir, para colocar o pão na mesa ou discutir problemas tão grandes que nada poderiam fazer para resolvê-los, ou tão pequenos que eram quase indiferentes.

Na verdade o número de acontecimentos que poderiam ser mudados se as pessoas os enfrentassem com todas as forças que tinham era enorme, e em especial — nisso Ralf tinha razão —, se já tivéssemos conhecimentos prévios a respeito desses acontecimentos, como temos no dezoito de novembro, as possibilidades de transformar as coisas seriam gigantes.

Ralf devia estar ciente de que esse era o tipo de raciocínio que o projeto dele acabaria por desencadear, e assim logo começou a falar sobre o potencial em grande escala, como ele o chamou. Se esse sistema fosse posto em prática, disse Ralf, todos os dias poderíamos enviar alertas e informações para todos os envolvidos, e assim, quando o dia dezenove chegasse, nossos amigos continuariam vivos, ele afirmou enquanto clicava até a sequência final da apresentação: diversos acidentes e acontecimentos indesejados, porém dessa vez em imagens difusas, com fade-outs nas transições entre uma e outra, cada vez mais devagar e com imagens cada vez mais desbotadas, até que a tela de projeção contivesse apenas uma sugestão de formas, como uma cortina num dia de verão, uma superfície tranquila repleta de movimento velado.

Olga se virou na cadeira e olhou para Henry e depois para mim. BeDaZy, ela disse, e então voltou a olhar para Ralf. *I'm bedazzled*. Foi um ótimo pitch.

Nenhum de nós sabia o que dizer. Ralf Kern também não esboçou nenhuma reação. Em vez disso, começou a falar de maneira detalhada sobre o que havia feito durante a última estadia em Hannover. O problema era a transferência de informações de um dezoito de novembro para o dezoito de novembro seguinte, e era nesse ponto que o projeto como um todo poderia fracassar: como o conhecimento acumulado e todas as informações processadas — tanto nossas informações sobre os acontecimentos no mundo como nossas mensagens para os envolvidos — poderiam ser gravados e encaminhados num mundo que por assim dizer trocava a pele digital noite após noite? Como todos esses dados poderiam ser compactados, protegidos e transportados? Não tínhamos como saber quando enfim voltaríamos a um tempo normal. Em outras palavras, a cada noite todos os fios digitais precisariam ser reunidos analogicamente, e a cada manhã todo o aparato precisaria ser mais uma vez digitalizado e posto em funcionamento antes que as informações começassem a gerar atividade, nas palavras de Ralf.

Os problemas no sistema deviam-se acima de tudo a processos ligados a trocas entre o digital e o analógico, e nesse momento Ralf começou a falar sobre fluxos de informação e armazenamento permanente, intermidialidade e transportabilidade — conceitos que sem dúvida esperava que compreendêssemos. Ficou claro que Ralf usava um conjunto de termos técnicos ainda mais complexo ao falar com os colegas, e que aqueles conceitos eram justamente uma tentativa de fazer com que o todo parecesse compreensível para nós. O que ele queria, segundo explicou, era desenvolver um meio de campo, uma espécie de ponte montada às pressas entre o mundo analógico e o mundo digital, rápido o bastante para que fosse possível converter enormes quantias de dados em qualquer direção sem maiores problemas, sem perda de informação e de forma rápida o bastante para salvar vidas.

Ralf afirmou que o processo envolvia um grande número de variáveis. Parte das soluções trazidas envolvia a observação de componentes do mundo digital, interações digitais e analógicas dos mais variados tipos e a maneira como se comportavam no dezoito de novembro. Ralf tinha começado a analisar o que chamava de fluxo de atividade e também os portais gerativos. Esse foi um assunto no qual não chegou a se aprofundar, mas o resumo apresentado era que, da forma como as coisas estavam naquele momento, já seria possível — mesmo que de maneira ainda bastante simples — dar início a um conjunto de operações no BeDaZy.

Tive a impressão de que Ralf esperava uma reação de nossa parte. Quando Henry limpou a garganta e coçou a barba, que começava a crescer, Ralf lançou um olhar rápido naquela direção. Talvez esperasse apenas que continuássemos em silêncio e aceitássemos o projeto como nos foi apresentado.

Henry perguntou se Ralf de fato acreditava que mais cedo ou mais tarde viveríamos um salto temporal. Ou seja: o dia dezenove. Ralf de fato acreditava. Esse era um pressuposto necessário, pois de outra forma o projeto não teria nenhum sentido. Numa manhã qualquer estaríamos de volta ao tempo que avança, ele afirmou. De repente estaremos no dia dezenove, e então vai ser tarde demais para fazer o que quer que seja em relação ao dezoito.

Podia muito bem ser que ele tivesse razão, pensei, mas voltei a me admirar com a ideia de que tanto Ralf como Olga pareciam haver se convencido de que estavam presos no dezoito de novembro porque tinham uma missão a cumprir — uma forma ou outra de otimização da realidade, uma transformação profunda ou ainda um ajuste de detalhes. Olga com frequência soava como se tivesse aterrissado num mundo repleto de construções malfeitas e fosse pessoalmente responsável pela demolição de tudo aquilo. Ralf agia como se a tarefa que lhe coube fosse cuidar de um jardim, onde devia cortar árvores, abrir caminhos e arrancar as ervas daninhas. Era como se acreditasse que, com os cuidados certos e a poda adequada, seria possível alterar tudo, desde o aquífero até a qualidade do solo. Olga, por outro lado, dava a impressão de acreditar que a demolição de todos os sistemas falhos por si mesma acabaria criando novos sistemas que seriam naturalmente melhores do que os antigos.

Ralf terminou pedindo desculpas por ter feito uma apresentação mais longa do que o previsto, mas assim mesmo disse que estava feliz com a nossa presença. Quanto mais numerosos formos, mais tragédias poderemos evitar, ele disse. É simples. Mais pessoas, dias melhores. Ele olhou para Olga, para Henry, para mim e depois mais uma vez para Olga. Estávamos trabalhando no projeto dele. Ao menos era o que parecia.

Eu não estava muito convencida. Em primeiro lugar eu gostaria de saber até que ponto Ralf havia chegado em termos de armazenamento, e em segundo lugar eu gostaria de saber o que pensava a respeito do fato de que cada intervenção no dia dezoito poderia alterar o curso natural do dia. Como ele imaginava a possibilidade de que nós, em nossas tentativas de salvamento, acabássemos derrubando certos acontecimentos, que por meio de um efeito dominó poderiam resultar em outros acontecimentos críticos. Acidentes. Mortes.

Ralf a seguir começou a explicar melhor os princípios do armazenamento transanalógico e os processos através dos quais as nossas informações seriam filtradas antes de gerar qualquer tipo de atividade. Mas ele tinha uma certeza razoável de que daria certo. A tecnologia em princípio estava pronta. Ou quase.

Em relação à minha segunda pergunta, ele disse que se tratava de um problema latente já na sociedade da qual tínhamos vindo.

Todo salvamento, toda mão estendida, todo ato de solidariedade é uma alteração no curso natural do mundo. O sistema criado era a nossa chance para assumir uma parte maior nesse processo, e, uma vez que teríamos uma possibilidade totalmente única de experimentar diferentes métodos de salvamento, também poderíamos — mesmo na pior das hipóteses — ajustar nossas ações para que não tivessem consequências indesejadas.

Henry disse que aquilo soava como um treinamento para o juízo final. O grande dia em que poderíamos saltar de volta ao tempo que avança e salvar o mundo inteiro em pleno salto — ou pelo menos todas as pessoas que desejassem ser salvas e estivessem dispostas a ouvir os nossos alertas.

Ralf olhou para Olga e ficou claro que não sabia ao certo o que responder. Ele tinha criado o sistema para ela. Era quase como se tivesse imaginado que ele e Olga fossem salvar o mundo juntos. Naquele momento estávamos em quatro, mas Ralf não conseguia decidir se eu e Henry éramos parceiros confiáveis. Por mais um tempo continuamos a fazer perguntas. Ralf era quem respondia, e Olga mais uma vez começou a falar sobre problemas estruturais num mundo que estaria o tempo inteiro pronto para gerar novas catástrofes e acontecimentos críticos que seriam totalmente evitáveis se conseguíssemos chegar ao problema fundamental.

Nesse momento Henry tomou o partido de Ralf. Disse, embora um pouco hesitante, que uma coisa com frequência chamava-lhe a atenção, e que tudo havia se tornado mais claro ao observar o conflito entre Olga e Ralf. Hesitante, mas com uma voz mais alegre do que o habitual, Henry começou a falar sobre um fenômeno que havia percebido entre os alunos da universidade. Era uma transformação que muitos sofriam ao longo dos estudos. Em geral, Henry dizia aos alunos que os problemas na sociedade eram em boa parte estruturais — defeitos basilares nos próprios fundamentos da sociedade, que deviam ser refeitos. Era preciso revelar os erros, e toda a construção da sociedade precisava ser desvelada, atacada, derrubada e assim por diante, para que enfim uma coisa nova pudesse surgir.

Porém muitos dos alunos um pouco mais velhos passavam a encarar os defeitos como parte da cultura. Não eram necessariamente as construções fundamentais da sociedade que deviam ser transformadas. O problema eram certos hábitos culturais. Preconceitos e mecanismos aprendidos. Coisas que podiam ser trabalhadas, modeladas, alteradas, complementadas ou removidas. Via de regra, coisas que podiam ser transformadas a partir de uma tomada de consciência, um novo conhecimento, uma descoberta. Acima de tudo uma descoberta pessoal. Uma forma de autojustiça, autocrítica, automelhoria, nas palavras dele, que naturalmente — depois que as pessoas começavam a cuidar do próprio rabo — também lhes dava o direito de exigir melhorias no ambiente, uma exigência de que outros também começassem a cuidar do próprio rabo, agora que os próprios interessados haviam começado. E, quanto mais longe os alunos chegavam na própria formação, mais dispostos pareciam a encarar os problemas da sociedade como coisas que deviam resolver primeiro em si mesmos, embora também — depois de haver compreendido e tomado consciência desses problemas — nos outros. Primeiro a crítica estrutural, depois a crítica cultural. Primeiro a crítica social, depois a autocrítica. Na opinião de Henry, a discussão entre Olga e Ralf podia ser vista dessa forma.

Com certeza, disse Olga, e no passo seguinte as pessoas começam a fazer análises e tirar conclusões — e, ao agir dessa forma, sobem cada vez mais alto na escada, até que possam chutá-la para longe. E assim podem sentar-se lá no alto. As pessoas falam de maneira condescendente e com voz mansa sobre os alunos como se fossem crianças de má vontade à procura de soluções, ou então crianças no meio de um processo natural. Estrutura. Cultura. Depois, nada.

Acho que eles já devem ter discutido esse mesmo assunto antes. Tive a impressão de que Henry havia falado com Olga sobre o trabalho na universidade. Estive prestes a mencionar o meu peculiar encontro com o filósofo que havia perdido o dente. Eu queria falar sobre como é observar uma situação a partir de uma planície de dúvida, mas, antes que eu pudesse chegar a esse ponto, Olga por sorte me interrompeu abrindo os braços com um gesto resignado e se virando na minha direção.

A Tara está olhando pela janela pensando sobre o amor, ela disse. Não pude deixar de sorrir, porque ela gesticulou com tanta ênfase que por fim bateu no pote com os palitos salgados, que se espalharam por cima da mesa e também pelo chão, num caos de palitos salgados que ninguém havia tocado.

Ah, enfim você acordou, ela disse para mim quando olhei para todo aquele cenário. Ralf começou a rir, e Henry começou a juntar os palitos salgados do chão.

Quando eu e Henry mais tarde voltamos ao hotel, Henry disse que de repente, enquanto juntava os palitos salgados caídos no chão, começou a pensar na pintura de Rafael intitulada *A escola de Atenas*. Ele tinha se sentido como Euclides, na parte inferior do quadro, debruçado sobre o próprio trabalho, enquanto Olga e Ralf permaneciam no centro, como Platão e Aristóteles. Henry disse que praticamente não conseguiu se mexer. Sentiu receio de prejudicar a composição da pintura caso se levantasse.

E sentiu vontade de falar a Olga e a Ralf sobre a pintura, mas não sabia dizer se aquilo seria considerado interessante. E naquele momento estava em dúvida quanto ao papel de cada um. A não ser aquele que cabia a ele próprio: o papel do homem que juntava os palitos salgados. Henry também não sabia que papel atribuir a mim.

Eu também não sei, respondi. Ele teria de me dizer quais eram as minhas opções. Talvez eu não tivesse nenhum daqueles papéis. Ou talvez ele pudesse encontrar um lugar para o meu filósofo desdentado no canto da pintura, eu disse. Talvez eu pudesse fazer o papel dele.

No mais, eu disse que aqueles que mais se pareciam conosco eram os quatro músicos de Bremen, que surgiam por toda parte nas imagens da rua, e então começamos a discutir quem seria o galo, o cachorro, o burro e o gato, embora sem chegar a nenhuma conclusão.

#1745
Fizemos uma reunião para discutir o futuro e onde vamos morar. Combinamos de nos encontrar uma vez a cada cem dias. Porque estamos juntos. Fizemos uma reunião para discutir se estamos juntos, e concluímos que estamos. Estamos juntos quando concordamos e também quando já não concordamos.

E hoje nos reunimos no apartamento de Ralf. Ou melhor, chamamos o que aconteceu de reunião, mas o fato é que apenas nos sentamos ao redor de uma mesa. Decidimos que nossas reuniões devem ter pautas. Que o comparecimento é obrigatório. E também definimos um procedimento padrão. Olga foi contra o comparecimento obrigatório, e Henry foi contra o procedimento padrão, mas o procedimento padrão é bem flexível, e o comparecimento obrigatório significa apenas que precisamos avisar caso não tenhamos a intenção de comparecer.

Concordamos num lugar para morar. Ou melhor, a princípio houve discordância, mas no fim conseguimos chegar a um consenso. Eu sugeri que nos mudássemos para Düsseldorf, mas Ralf queria que ficássemos em Bremen, enquanto Olga disse que para ela o que Ralf quisesse estava bom, pelo menos no que dizia respeito a um lugar para morar. Ralf queria muito ir ao local de trabalho, porque o projeto exige acesso a scanners e unidades de armazenamento e programas com nomes estranhos, e eu de fato acredito que essas coisas sejam úteis.

Agora estamos à procura de um lugar para morar. Vimos apartamentos na cidade e casas na periferia. Não é fácil, porque somos quatro pessoas e precisamos concordar. Quatro pessoas no dezoito de novembro. Quem sabe se não há outras? Talvez sejamos cinco ou oito ou mesmo dezesseis. Talvez ainda mais. Pessoas que acordam todos os dias no dezoito de novembro. Não é difícil imaginar. Não hoje.

Ralf calculou a probabilidade de que haja outras pessoas como nós e a chance é maior do que se poderia imaginar. Se realmente somos apenas quatro, então é um milagre que tenhamos nos encontrado, disse ele. A probabilidade de quatro pessoas presas no mesmo dia se encontrarem é tão pequena que seria praticamente impossível, mas se imaginamos que há outras — talvez muitas outras —, o encontro torna-se mais fácil de explicar. Na opinião de Ralf, nossa casa deve ter lugar para mais de quatro pessoas. Talvez possamos sair atrás de outras pessoas, ele disse. Ralf fala sobre essas outras pessoas como se de fato existissem. Como se fosse possível tomar a decisão de encontrá-las. De colar cartazes e convidá-las para uma festa. Olga não parece muito convencida. Talvez essa ideia possa esperar. Ela diz que já nos encontrou e além disso já tem Ralf de volta à sua vida. Talvez por ora seja o bastante.

#1755

Ralf passou uns dias fora, mas acaba de voltar. Eu e Henry estivemos em Düsseldorf. Fomos buscar nossas coisas, embora não tudo. Eu trouxe o computador e a impressora. Também coloquei a xícara lascada e o sestércio na minha bolsa — e também o moedor de café, porque seria difícil conseguir outro.

Coloquei na bagagem uns livros e também as minhas anotações sobre o dezoito de novembro e os trouxe de volta a Bremen, embora não todos os papéis e pastas com anotações sobre os romanos, seus antecessores e sucessores. Posso buscar essas coisas mais tarde. Pelo menos é o que me parece. Tudo estava num canto do quarto desde que Olga havia se mudado para lá. Tínhamos coisas mais importantes com as quais nos ocupar, e assim voltei para um apartamento repleto de cartazes recém-impressos e resquícios dos nossos esforços para encontrar Ralf. Uma missão que nem eu nem Henry imaginávamos possível. Foi o que admitimos quando nos vimos no apartamento com todo aquele material impresso, que a seguir jogamos num contêiner de papel localizado nas proximidades. Nós dois acreditávamos que Ralf K. havia sumido no dezoito de novembro.

Na verdade eu tinha pensado em aproveitar a oportunidade e levar todos os meus livros e papéis a Bremen de uma vez por todas. Eu queria dar continuidade às minhas investigações. Aos seus estudos, como Henry dizia, mas para mim não estava claro qual seria o tema desses estudos. Pegamos o carro de Ralf emprestado, mas quando nos vimos no apartamento de repente pareceu uma ideia estúpida levar tudo de volta. Não sabíamos nem onde haveríamos de morar, e não parecia muito provável que o passado fosse despertar o interesse de outros além de mim. Ralf se interessa acima de tudo pelas circunstâncias do dezoito de novembro e por acontecimentos críticos, Olga imagina uma sociedade completamente transformada, um futuro novo, e Henry se interessa sobretudo por aquelas partes do passado que servem para descrever um mundo que aos poucos se desmancha.

Deixei tudo no canto do quarto. Não como uma parte do passado, eu disse para Henry. Também disse que eu via aquilo como uma coisa ainda por acontecer. Como um futuro. Acho que Henry não entendeu, mas assim mesmo ele riu quando eu disse que nem ao menos sabia se os romanos gostariam de nos acompanhar rumo ao norte. Não sei dizer se vou sentir falta dos meus padrões antigos e de todo o arsenal de objetos que trazem consigo o constante rumor das coisas. Mas vou sentir falta das duas horas de sol durante a tarde. E da nespereira.

#1783

Nossa casa é grande e fica na periferia de Bremen, na orla da floresta. A casa estava à venda fazia muito tempo. O corretor estava cheio de entusiasmo, e não foi difícil convencê-lo a nos mostrá-la de imediato quando Ralf ligou e pediu uma visita. Eu e Ralf nos encontramos, vestidos para a situação e num carro à altura da casa, ou pelo menos do portão de ferro lavrado já na entrada.

Encontramos o corretor no portão. Ver o código digitado foi simples, e quando ao fim da visita afirmamos ter interesse na compra nós o levamos de volta à imobiliária. Enquanto o corretor imprimia papéis na sala ao lado, pegamos o molho de chaves e em seguida deixamos a imobiliária, buscamos Olga e Henry e voltamos à nossa casa. Podíamos ter arrombado a porta, mas não havia necessidade quando parecia simples obter o código e as chaves.

Segundo Ralf, muitas das casas por aqui foram construídas para gerar renda de forma avessa à luz do dia. São casas grandes, que em geral levam tempo para vender e custam verdadeiras fortunas, que chegam aos bancos locais por meio de paraísos fiscais ou esquemas de lavagem de dinheiro. Não sei de onde Ralf tirou essas informações, mas tampouco importa. Agora moramos aqui.

Não vemos nossos vizinhos com frequência, porque as casas são afastadas umas das outras, e muitas são ocultas por uma vegetação que mais se parece com uma pequena floresta. Nossa casa tem uma estradinha no pátio que de um lado é ocultada pelas árvores e do outro por um muro, e a casa mais próxima é distante o suficiente para que ninguém perceba os vizinhos novos. E, mesmo que perceba, não seria boa ideia manifestar qualquer tipo de curiosidade, porque essa curiosidade poderia acabar mal.

A casa é de uma beleza que só pode ser apreciada por quem adentra o portão de ferro lavrado e o fecha ao entrar. A tranquilidade repentina, a estradinha calçada que leva até a casa, os detalhes nas portas, os cômodos com proporções simples e as janelas com ótima iluminação natural, que mesmo em dias de céu nublado fazem com que a casa pareça aconchegante. No segundo andar há quartos e escritórios. No térreo há uma série de outros cômodos: um deles tem uma lareira, outro tem um assoalho que range e portas que dão para o pátio. Há uma cozinha espaçosa, dois outros cômodos atrás da cozinha e no meio da casa temos um jardim de inverno que dá para o gramado e para um curso de água que faz curvas no fim do terreno. É lá que às vezes passamos o dia, com uma luz quente e cinzenta.

Nos primeiros dias andamos pela nossa casa vazia, ouvindo o eco nos cômodos, mas não levou muito tempo para que nos sentíssemos em casa. Na primeira noite dormimos no cômodo da lareira em dois colchões que havíamos trazido do apartamento de Ralf. Olga dormiu no saco de dormir, que ainda cheirava à maresia das ilhas da Frísia, e Henry havia trazido um edredom do hotel, porque daria muito trabalho arranjar outro. Henry tinha desistido da barba. Os pelos cresciam muito devagar, e ele não gostou das manchas grisalhas que começaram a surgir. Ralf abriu uma garrafa de champanhe e a colocou no jardim de inverno, ao lado de taças sem dúvida compradas para funcionar como itens de decoração nas fotografias da imobiliária, porque todas ainda tinham etiquetas na parte de baixo.

E Tara. Tara Selter. Ela passou um tempo andando pelo piso de madeira vazio com uma taça na mão antes de sentar-se com os outros. Olga perguntou no que eu estava pensando.

Mencionei as minhas especulações a respeito do que eu realmente estaria fazendo aqui. Não porque me sentisse insatisfeita, nem porque o meu próprio questionamento tivesse origem numa tristeza ou numa saudade. Era simplesmente um questionamento, eu disse.

Não me sinto infeliz. Me sinto entre amigos. Mas não sei o que estou fazendo aqui, e não sei o que responder quando me perguntam.

#1796

Ninguém nos pergunta o que estamos fazendo aqui. Mas tampouco fazemos coisas muito interessantes. Bebemos café. Vamos à cidade no carro de Ralf. Compramos mantimentos, aproveitamos a casa e, se tomamos ciência de um acidente ou de outro acontecimento crítico, reunimos as informações para Ralf. Ele quer detalhes acerca de horários, coordenadas e informações de contato, mas o projeto não foi longe o bastante para ser posto em prática, e assim as informações funcionam apenas como dados registrados no arquivo.

Não gosto desses acidentes. Não gosto que aconteçam, mas tampouco gosto de saber que acontecem. Eles me fazem pensar em outros acidentes, em todos aqueles dos quais nunca ouvi falar. Se ouço falar num homem que caiu de um andaime, logo penso que deve haver muitos outros. Sinto que traio a confiança de todos aqueles de que nunca ouvi falar. De todos os homens que caem e que nunca receberam minha atenção, em coordenadas e números de contato que ainda não arranjei.

E os grandes acidentes me fazem pensar nos menores. Uma mão presa numa máquina, um braço quebrado, um pé torcido. Se essas coisas podem ser evitadas, também deve ser minha responsabilidade evitá-las. E, se eu não as descubro porque não as procuro, então a responsabilidade é minha.

Ouço notícias de trânsito e preparo relatórios sobre acidentes e acontecimentos críticos para Ralf, tanto os grandes como os pequenos, mas acima de tudo penso nos acidentes ocultos. Tudo aquilo que poderíamos evitar caso soubéssemos que existe. O fluxo de acontecimentos, os defeitos do mundo, toda a tristeza que ninguém é capaz de evitar.

Falei sobre a menina de coração partido que desceu na estação de Bremen. Sobre o jeito como saiu do trem com as malas grandes. Sobre a mãe que a recebeu na plataforma. Como posso saber que ela está em boas mãos?

Olga acha que esse tipo de tragédia está fora do nosso escopo. *Rich fuckers* com dor de cotovelo. Gente que se ocupa com malas e carros, mas sem dúvida passa reto por outras pessoas que precisam de ajuda sem nem ao menos notá-las. A mãe que vai ter de esperar um pouco mais até ganhar os netos desejados e a jovem que sem dúvida se livrou de um cretino. Você vai ter bastante trabalho se pretende ajudar esse tipo de gente, ela disse. Olga está convencida de que essas pessoas são capazes de se virar sem mim.

#1803

O dia a dia é o que mais nos ocupa. Todos os pequenos afazeres. A casa. Nossos mantimentos. Os móveis para os cômodos e a lenha para a lareira, que eu e Olga buscamos no carro de Ralf. Um ou dois sacos por vez, para que não desapareçam com o passar da noite.

Volta e meia descemos ao porão quando damos pela falta de alguma coisa, porque logo após nossa chegada Olga descobriu uma porta no corredor atrás da cozinha. A porta estava trancada, mas conseguimos abri-la com uma chave que estava no chaveiro. Olga foi direto explorar o porão, e ao voltar insistiu que todos nós fizéssemos juntos uma expedição. O corretor não havia nos mostrado aquela parte da casa. Tinha apenas dito que a casa tinha um porão completo. Um porão de verdade, ele disse.

Descobrimos que há vários cômodos repletos de móveis e mantimentos sob a casa. À direita da escada há um corredor que leva a outros dois cômodos espaçosos onde há caixas e mais caixas de comida em conserva e mantimentos de todo tipo. Nas prateleiras há comida para nos manter vivos por um bom tempo. Há caixas de arroz e de macarrão, vidros transparentes com salsichas em conserva, azeitonas e alcachofras grelhadas. Há sabonete, sabão em pó e produtos de limpeza, há café e chá e caixas de leite longa vida, há latas de peixe e legumes em conserva, há caixas de feijão e ervilha e uma grande variedade de produtos de tomate em vidros e latas. E além disso há também uma adega. Bem ao fundo, num cômodo espaçoso atrás da despensa. Vamos lá quando temos um bom motivo para celebrar. Acontece com bastante frequência.

No outro lado do porão também há cômodos, quatro ou cinco, que servem como depósito de móveis antigos. Com certeza não eram os móveis usados pelos últimos moradores da casa. Parecia mais provável que tivessem pertencido a uma geração anterior, responsável por colocar tudo aquilo no porão. Essas pessoas haviam tido o cuidado de cobrir os móveis de maneira adequada e de guardar cortinas e almofadas em caixas, nas quais era possível sentir um cheiro forte, talvez de naftalina. Em parte desse outro porão há fileiras de caixas-arquivo e armários, quase todos vazios, e uns poucos repletos de revistas antigas sobre aviões e navios. Também há umas poucas caixas de livros e outras com papéis que parecem ser documentos contábeis de uma atividade certamente ocorrida há muito tempo.

Buscamos móveis para os nossos cômodos. Não muitos, mas os cômodos já não estão mais vazios. A única peça que já estava mobiliada era o jardim de inverno, que tinha uma mesa comprida e cadeiras ao redor, mas agora buscamos os móveis do passado e os cômodos já não fazem mais eco.

O mais impressionante são os cômodos da despensa. Não sei o que os moradores antigos tinham imaginado. Uma guerra? Um cerco? A fome? Dá para ver que uma parte do que está nas caixas some dia após dia, e é muito difícil não pensar que estamos deixando enormes marcas no mundo.

No fundo somos monstros. Quatro pessoas não é muita coisa, mas quatro pessoas podem fazer um estrago e tanto no mundo. Foi o que vimos no porão, e agora também começamos a notar as marcas no supermercado próximo. São verduras e pães que desaparecem. Iogurtes e ovos. É a queijaria com estoque cada vez menor, e as prateleiras com granola e geleia de damasco que aos poucos se esvaziam.

Mas não queremos ser monstros. Discutimos soluções. Organizamos nossas compras. Henry é o responsável pelas nossas provisões. Ele vai aos mercados já quase no horário de fechamento. Compra pães e verduras que acabariam descartados. Visita as lojas nos arredores, vê possibilidades numa caixa de bananas escurecidas, arrasta caixas cheias de maçãs, limões tristes ou uvas murchas, faz acordos com produtores locais para buscar coisas que estão prestes a vencer. Se digo que comemos lixo, não é bem verdade. Comemos mal-entendidos e pedidos errados. Comemos o excesso de produção e pequenos acidentes. Bebemos cerveja da cervejaria local, que errou o cálculo de vendas para a Oktoberfest. E assim mesmo houve festa, ainda que não tenha havido outubro.

#1811

Estamos nos acostumando à casa, ou a casa está se acostumando a nós. Ralf via de regra trabalha pela manhã e Olga dorme até tarde. Ela começou a dar longos passeios à noite. Anda com fones e barulho nos ouvidos, não apenas música, mas todo tipo de coisa. Coisas que me interessam, ela diz. Com frequência a ouço discutir com Henry quando subo a escada à noite. Fico no escuro, ouvindo as vozes de ambos. Eles se alternam. Falam ora num tom amistoso, ora num tom mais ríspido. Aumentam a velocidade, e às vezes tudo fica em silêncio. Não por muito tempo, porque em seguida ouço uma porta que se abre e torna a se fechar. É Olga que sai rumo à noite.

Acho que vou cuidar para que ela faça uma refeição ao acordar. Se a deixo por conta própria ela não come nada, mas não por falta de apetite — quando Henry chega das compras, é sempre Olga quem dá início aos trabalhos: prepara geleias e conservas, assa biscoitos e pães crocantes, e então guarda tudo em grandes recipientes. Ela faz listas da nossa despensa, e nos repreende se não registramos o consumo de um item que estava no porão.

À tarde, quando Ralf volta com o carro, às vezes eu e Olga buscamos lenha para a fogueira ou móveis para a casa. Já buscamos poltronas e colchões extras, e poucos dias atrás fizemos um grande pedido de lenha, que foi descarregado no final da tarde ao lado do depósito de lenha. O depósito é ligado à garagem, que não usamos, mas em outra época aquilo devia ter sido uma garagem e um pequeno estúdio. Tenho a impressão de que a construção foi usada como armazém, mas havia uma cozinha e um quarto, e a pequena sala tinha vista para o jardim.

Quando a lenha foi entregue, peguei um machado e comecei a cortar as achas em um cepo no interior do depósito. Levei tudo até a lareira, porém não consegui fazer mais do que isso porque o dia logo escureceu. Por fim levei as sobras da madeira até o depósito e peguei o saco de dormir de Olga. Eu estava cansada quando me deitei para dormir ao lado da lenha, porém mesmo que tenha dormido logo em seguida eu acordei diversas vezes ao longo da noite, e toda vez a pilha de lenha estava lá, como se nada tivesse acontecido.

No dia seguinte rachei ainda mais lenha e mais uma vez passei a noite no depósito, e no terceiro dia voltei a rachar lenha. Não dormi no depósito, mas a lenha ainda estava lá na manhã seguinte. Não sei por que penso mais em Thomas quando racho lenha. Talvez sejam a paz e os movimentos repetitivos. Ou então a pilha de lenha no nosso pátio em Clairon. A maneira como fica exposta à chuva.

#1845

Tivemos uma reunião sobre coisas e lixo. Deixamos combinado que qualquer um pode colocar um papelzinho com uma sugestão de pauta em uma xícara na cozinha. Usamos a xícara lascada, que eu trouxe de Düsseldorf, e dois ou três dias antes da reunião pegamos um ou dois assuntos entre as sugestões que estão lá. Quando abrimos todos os papéis em cima da mesa, decidimos falar sobre lixo e coisas. Mas lixo são coisas, disse Olga. Esse não é um assunto próprio. Ela queria que escolhêssemos um assunto a mais. Sugeriu que falássemos sobre a esperança. Ela mesma tinha colocado essa sugestão na xícara, e mesmo que Ralf e Henry achassem que assim a reunião acabaria longa demais, incluímos a esperança na pauta do dia. Os demais assuntos foram devolvidos à xícara. O sestércio continua lá. Henry insistiu em dizer que aquilo está no lugar errado, mas não sei se de fato está.

Falamos sobre o comportamento das coisas. Sobre a imprevisibilidade das coisas. Falamos sobre roupas. Sobre ensinar vestidos e saias. Sobre fazer com que os sapatos fiquem. Logo após ficar presa no dia dezoito Olga descobriu que precisava usar uma peça de roupa durante cinco dias para que assim pudesse mantê-la consigo. Não quatro dias, não seis. Sempre cinco. Ralf às vezes usava uma roupa durante uma única noite e a peça ficava com ele, mas não era sempre. E o tipo de roupa fazia diferença. Eu disse que para mim o normal eram dois dias, às vezes três, mas assim que começamos a discutir o assunto ficou claro que o tempo inteiro surgiam exceções. Pensei numa blusa que eu tinha comprado. Era uma roupa prática, que eu usava para ir ao pátio da Wiesenweg depois que o sol havia se posto, mas eu não me preocupava muito com ela. Era uma blusa de lã que me pinicava um pouco e me incomodava, e numa bela manhã ela havia sumido, mesmo que eu a tivesse usado por oito ou nove dias e a tivesse mantido na cama à noite. Numa tarde a deixei em uma cadeira na cozinha e na manhã seguinte ela tinha desaparecido. Eu disse que achava que as coisas dependiam do meu humor, mas fui a única a pensar dessa forma.

Falamos sobre o chocolate que ficou cinzento no armário do apartamento de Ralf. Como se apesar de tudo o tempo passasse. Contei sobre o leve cheiro de mofo nas coisas que haviam ficado na cozinha da Rue de l'Ermitage. Falamos sobre comidas que estragaram ou se mantiveram frescas. Falamos sobre as mecânicas do tempo, sobre deslocamentos e transições. Olga começou a falar sobre o tempo como se fosse um conjunto de placas tectônicas que se movimentam por cima e por baixo umas das outras, sobre diferentes camadas de tempo, mas eu disse que pensava mais em termos de gramados e ervas daninhas, em canteiros e cercas vivas e todas as coisas que crescem juntas ou fazem sombra umas para as outras enquanto crescem.

Falamos sobre telefones e computadores. Sobre papéis e lápis. Falamos sobre diferenças, porque o tempo inteiro há diferenças. Sobre poltronas e sofás. Pensamos que um de nós podia dormir na sala depois que pegamos os móveis no porão. Será que não devíamos ter vigias para as coisas que havíamos buscado? Sentinelas? Abandonamos a ideia e mesmo assim tudo estava na sala quando acordamos. Falamos sobre as camas que encontramos no porão, e sobre os novos colchões que tínhamos comprado para as camas, porque os antigos estavam ruins.

Mas o colchão de Olga sumiu durante a noite. Ela saiu para dar um passeio de madrugada e apenas depois de trocar o colchão com Ralf pôde ter certeza de que o colchão dela ainda estaria lá quando voltasse.

Falamos sobre a zona de indefinição das coisas, o campo de dúvida, a margem de incerteza. As coisas precisam se acostumar a nós, precisam ser convencidas. Mas as coisas são diferentes, nós somos diferentes, podemos manter coisas diferentes. Eu disse que seria melhor que Henry ficasse responsável por arranjar coisas para a nossa cozinha. Pensei no meu moedor de café. Mas também pensei nos presentes que eu tinha levado para os meus pais. Tudo havia sumido, mesmo que eu tivesse carregado aquelas coisas por dois ou três dias. Acho que me dou melhor com livros. E com lenha.

Olga tinha enfrentado problemas com farinha. No início, quando ela e Ralf moravam juntos em Bremen, Olga havia tentado assar pães da maneira como a tia os assava. A tia sempre preparava a massa à noite, colocava tudo na geladeira e assava os pães na manhã seguinte. Olga gostava daquelas manhãs com pães rústicos, cheiros variados e movimento na cozinha antes que todos saíssem para a escola. Se existe uma coisa da qual sente falta antes do dezoito de novembro, ela diz, são essas manhãs.

Mas quando ela mesma tentou assar pães o resultado se mostrou imprevisível. Se tivesse comprado a farinha no mesmo dia ou poucos dias antes, pela manhã seguinte restava apenas um pouco de água com fermento na tigela. Ela tinha começado a dormir com um pacote de farinha no pé da cama por uns dias antes de assar pães. Não era um método garantido, mas ajudava. Por muito tempo Olga assou pães que eram sempre preparados no mesmo dia, mas agora descobriu que pode sovar e deixar a massa crescendo durante o dia, às vezes uma massa de fermentação natural que ela guarda no quarto, fazer os pães e colocá-los em uma forma na geladeira à noite, e assim os pães estão prontos para assar no dia seguinte. Como se o trabalho com a massa evitasse que a farinha desaparecesse.

Se tivéssemos dias da semana, disse Olga, ela assaria pão todos os domingos de manhã. Da maneira como as coisas são, ela assa pão quando tem vontade. Via de regra ela me deixa assar os pães ainda pela manhã, porque gosta de dormir até mais tarde. Às vezes eu os queimo de leve, mas Olga não fica chateada, e chega a se esquecer de comer os pães quando não a lembro.

Ralf fala sobre as observações que fizemos a respeito das coisas no mundo digital. Sobre as diferenças entre telefones antigos e novos. Ele havia deduzido certos princípios fundamentais a respeito dos componentes eletrônicos. O uso constante gera uma continuidade. O reúso aumenta a estabilidade. Esse tipo de coisa. Ralf começou a investigar a possibilidade de adotar componentes usados e materiais antigos no projeto. Na opinião dele é possível entender o comportamento das coisas. Ao se compreender esses equilíbrios delicados.

E depois falamos sobre o lixo, porque esse é um desequilíbrio em nosso mundo. O lixo não se encontra num estado de equilíbrio. Seria possível imaginar que o lixo se acumula. Isso também acontece, mas não há como prever. Separamos o nosso lixo, vamos a estações de reciclagem, colocamos garrafas em contêineres, descartamos papel e papelão. De vez em quando levamos um saco de lixo orgânico da cozinha até uma rua ou um quarteirão próximo, porque não há coleta de lixo em nosso endereço no dezoito de novembro. Mas às vezes o lixo some por conta própria. Quando o acumulamos em uma pilha na garagem, de repente uma parte desaparece sem que nenhum de nós tenha feito o descarte. Por um tempo achamos que Ralf descartava as caixas de papelão guardadas no depósito quando pegava o carro para ir ao trabalho, mas não era nada disso: as caixas desapareciam por conta própria.

Falei sobre as investigações que eu havia feito com Thomas. Mencionei que preparamos ovos fritos na cozinha à espera de um dia dezenove que nunca chegou. Que faltaram dois ovos na bandeja, mas as cascas já não estavam mais na lixeira. Tinham desaparecido, como se houvesse uma fresta na noite, como se o lixo desaparecesse por conta própria.

Falei sobre um sabonete que Thomas havia deixado na pia do banheiro. Na manhã seguinte ele continuava lá, mas a embalagem não estava em lugar nenhum, fosse na lixeira embaixo da pia ou na lixeira em frente à casa. Naquele momento não encontramos explicação nenhuma, e o mesmo aconteceu durante o nosso encontro, ainda que fôssemos quatro pessoas a especular. Sabemos apenas que certas coisas permanecem conosco enquanto outras somem, como se não pertencessem ao nosso dia.

Simplesmente é assim. Um mundo com frestas e irregularidades. Ralf sugeriu que podia haver corvos envolvidos. Em diversas ocasiões ele tinha visto revoadas de corvos acima dos sacos de lixo enfileirados na calçada. Olga achou que a explicação parecia muito improvável. O que corvos fariam com caixas de leite, garrafas e absorventes usados? Na opinião de Olga não eram pessoas nem animais, mas ela também não tinha uma explicação melhor a oferecer.

Henry andava um pouco mais quieto do que o normal. Disse que talvez o problema com o lixo fosse maior do que imaginávamos, porque se as contagens que havia feito tinham por base os barbeadores descartáveis jogados no lixo do hotel, então podia haver um erro na contagem. Se o lixo sumia, ele podia já ter passado vários dias no dia dezoito quando resolveu contar os barbeadores. Só havia um dia de diferença quando nós dois comparamos as nossas contagens e jogamos cara ou coroa com o sestércio, mas talvez a diferença fosse maior.

Ralf achava que se a diferença fosse de apenas um dia, então nossas contagens deviam ter sido razoavelmente precisas.

Ao fim de mais de mil dias. No mais, seria difícil alterar a nossa contagem do tempo, pois a essa altura já tínhamos sincronizado os nossos dias. Olga e Ralf não tinham sido tão cuidadosos no que dizia respeito à contagem. Tinham simplesmente aceitado os nossos cálculos. Olga achava que os sumiços do nosso lixo não tinham significado nenhum, e que a contagem dos dias tampouco era precisa. Bastava que não sumíssemos uns para os outros. Ela disse que tínhamos assuntos mais importantes a discutir do que o número de dias. A esperança, por exemplo. Mas, quando amassei os papeizinhos com os assuntos discutidos, tirei a conversa do rumo, porque comecei a falar sobre as diferenças. Será que os papeizinhos com as sugestões de pauta eram coisas estáveis ou será que haviam se transformado em lixo? E será que o papelzinho da esperança pertencia a um tipo diferente? Será que era uma coisa?

Passamos um bom tempo discutindo esse assunto, ou pelo menos foi essa a minha impressão, mesmo que eu houvesse tentado retirar a minha pergunta, e quando terminamos ninguém mais queria falar sobre a esperança. Tentamos falar sobre o dezenove de novembro. A esperança no dezenove de novembro. E no vinte. Mas não podemos discutir a esperança sem discutir a saudade, e hoje ninguém quis falar sobre a saudade. Pelo menos não durante a reunião, mas quando nos sentamos na sala um pouco mais tarde a esperança surgiu.

Foi Olga quem a mencionou. Ela disse que esperava que houvesse mais pessoas no dezoito de novembro além de nós.

#1878

Somos um estranho grupo de pessoas num recipiente de tempo. Se o tempo for mesmo um recipiente, diz Henry. Ele acha que o tempo é mais como um trem, e que estamos todos sentados na mesma cabine. Como numa viagem.

Às vezes, quando nos sentamos na sala à noite, um de nós traz essa questão de volta. Por que nós? O que foi que nos reuniu? Será que estamos viajando cada um com o seu itinerário e simplesmente nos encontramos no meio do caminho? Será que não devia ter sido um encontro breve e fortuito antes que cada um de nós seguisse o próprio caminho? Será que não somos quatro trabalhadores de escritório que apenas se encontraram no elevador por uns instantes antes de sairmos cada um no seu andar? Quatro clientes esperando a vez na mesma fila do supermercado? Ou então pacientes internados no mesmo hospital? O que há de errado conosco, e será que já fomos operados ou continuamos deitados, à espera? Mas à espera do quê?

Talvez seja mais como se estivéssemos juntos em um navio que atravessa o mar agitado. Todas as coisas novas que precisamos aprender, as velas, os cabos e os nós complicados. As alterações do clima. O esforço para manter o curso, mesmo que não saibamos para onde o navio está nos levando. O vento nos cabelos. A caminhada pelo convés, sem batermos uns nos outros, mesmo que às vezes o navio balance um pouco demais. A carga que se move. E qual é a carga, afinal?

Não acho que esteja correto dizer que estamos sendo levados como passageiros num trem. Navegamos e discutimos. Escovamos o convés e fazemos reparos no casco. Carregamos e descarregamos. Olhamos para o mar. Preparamo-nos para atracar quando a terra surge no horizonte. Que navio é esse? Talvez um navio de salvamento, na opinião de Ralf. É ele quem está na proa, à procura de náufragos.

Olga não acha que a situação lembre um navio. Aqui é escuro e silencioso demais. Não temos vista, não temos horizonte. Se o tempo é um recipiente, diz Olga, então acabamos num bolso. Como se um gigante houvesse pegado a nós e às nossas vidas para levar tudo com ele, ela diz. Olga não sente o vento nos cabelos. Percebe os movimentos, sente que está se deslocando, mas não se trata de um navio que aderna ou de um trem que avança. Na opinião dela, precisamos elaborar um plano de fuga.

#1892

E de repente eles apareceram. Ontem. Eram cinco. Cinco pessoas no portão. Haviam estacionado os carros. Descido e tocado o interfone. Não tínhamos visto nada, mas ouvimos o som insistente no hall de entrada quando tocaram. Não como nós o tocamos quando estamos na rua — três toques quando o código não funciona, ou quando um de nós chega com as compras e precisa de ajuda —, mas com um jeito insistente, e no dezoito de novembro não há um barulho insistente de campainha. Mas era o que estávamos ouvindo.

Por sorte estávamos em casa. Henry tinha saído para fazer compras e chegado pouco tempo antes no carro de Ralf. Ele havia trazido seis caixas com aveia, cada uma delas contendo doze pacotes, e quatro caixas grandes de biscoitos já próximos da data de vencimento e prestes a serem descartados.

No caminho de volta, Henry tinha subido ao apartamento de Ralf para buscar um cesto de roupas, porque aquele que havíamos comprado tinha sumido, e quando voltou à casa ele tocou o interfone para que o ajudássemos. Tínhamos acabado de levar as caixas até o hall de entrada, onde naquele momento havia aveia e biscoitos suficientes para alimentar um regimento inteiro, quando ouvimos o toque do interfone, e de repente havia um regimento inteiro, ou pelo menos um grupo de cinco pessoas, junto à porta de ferro lavrado.

Nos apressamos até o portão e de repente estávamos lá: quatro de um lado e cinco do outro, e quando abrimos o portão estávamos em nove.

Ralf perguntou se eles também estavam presos no dia dezoito. Eles responderam que estavam e perguntaram se ele era Ralf. Ralf respondeu que sim, e que estava à espera deles. Ou melhor, não deles especificamente, e talvez nem tivéssemos esperado que tocassem nosso interfone, mas sabíamos que alguém podia aparecer. Ralf disse que já tínhamos pensado que não devíamos estar sozinhos no dia dezoito, e logo nos apresentou para os recém-chegados.

Eles também se apresentaram. Ou melhor, se apresentaram depois que deixamos o carro deles ao lado do depósito de lenha e entramos em casa, desviando das caixas no hall de entrada. Olga disse que esperava que gostassem de aveia. Eles responderam que gostavam. Pelo menos quatro. A quinta estava amarrando um cadarço, e assim não respondeu.

E agora todos estão se mudando para cá. Quer dizer, nesse momento estão todos dormindo, porque ontem ficamos acordados até tarde. Buscamos vinho na adega e pegamos biscoitos com orégano nas caixas do hall de entrada, e ficamos trocando histórias do dezoito de novembro até de madrugada. Toda hora alguém buscava mais biscoitos ou mais vinho, e o que mais pudesse encontrar na despensa. Ninguém queria preparar um jantar de verdade e perder a história seguinte, não porque fossem histórias muito diferentes, já que todas haviam se passado no mesmo dia, mas enfim — de repente era tarde, quase de manhã.

E agora os cinco estão em diferentes partes da casa. Em sofás e em quartos com tapetes e sacos de dormir. Todos dormem ou se viram em colchões duros. Parece o fim de uma história, mas de repente ouço uma porta que se abre em um lugar qualquer. Talvez a história mal tenha começado.

Grafia atualizada segundo o Acordo Ortográfico da Língua Portuguesa de 1990, que entrou em vigor no Brasil em 2009.

capa
Luciana Facchini
foto de capa
Daria Piskareva
composição
Stephanie Y. Shu
preparação
Mariana Donner
revisão
Ana Alvares
Mariana Fujisawa

Dados Internacionais de Catalogação na Publicação (CIP)

Balle, Solvej (1962-)
Sobre o cálculo do volume 3 / Solvej Balle ; tradução Guilherme da Silva Braga. — 1. ed. — São Paulo : Todavia, 2025.

Título original: Om udregning af rumfang III
ISBN 978-65-5692-882-1

1. Literatura dinamarquesa. 2. Romance. 3. Ficção contemporânea. I. Braga, Guilherme da Silva. II. Título.

CDD 839.91

Índice para catálogo sistemático:
1. Literatura dinamarquesa : Romance 839.91

Bruna Heller — Bibliotecária — CRB-10/2348

todavia
Rua Fidalga, 826
05432.000 São Paulo SP
T. 55 11 3094 0500
www.todavialivros.com.br

fonte
Register*
papel
Pólen natural 80 g/m²
impressão
Geográfica

FSC
www.fsc.org
MISTO
Papel | Apoiando o manejo florestal responsável
FSC® C019498